# 夏天还很远

柏桦 著

柏桦抒情诗集 1981—2019

山西出版传媒集团　北岳文艺出版社
·太原·

图书在版编目（CIP）数据

夏天还很远：柏桦抒情诗集：1981—2019 / 柏桦著. — 太原：北岳文艺出版社，2020.6
ISBN 978-7-5378-6215-8

Ⅰ.①夏… Ⅱ.①柏… Ⅲ.①诗集-中国-当代 Ⅳ.①I227

中国版本图书馆CIP数据核字(2020)第084707号

# 夏天还很远

柏桦抒情诗集　1981—2019

柏桦◎著

//

**出品人**
续小强

**选题策划**
刘文飞

**责任编辑**
刘文飞

**书籍设计**
张永文

**印装监制**
郭勇

出版发行：山西出版传媒集团·北岳文艺出版社
地址：山西省太原市并州南路57号　邮编：030012
电话：0351-5628696（发行部）　0351-5628688（总编室）
传真：0351-5628680
网址：http://www.bywy.com　E-mail：bywycbs@163.com
经销商：新华书店
印刷装订：山西人民印刷有限责任公司

开本：787mm×1092mm　1/32
字数：279千字
印张：10.75
版次：2020年6月第1版
印次：2020年6月山西第1次印刷
书号：ISBN 978-7-5378-6215-8
定价：59.80元

本书版权为本社独家所有，未经本社同意不得转载、摘编或复制

# 柏桦诗歌抒情的平凡性

## （代序）

沃尔科特称菲利浦·拉金是"写平凡的大师"，我这里借用过来用在柏桦身上，也是非常妥帖的。只是，在当今，"大师"的说法往往让人觉得不是真正的称许，所以应该换一个更妥帖的词："英雄"。

平凡和英雄，语义上似乎相悖，但放在本文中并非如此。

这里说的"英雄"，体现了一种美学或诗学上的勇气，极少有人这么做，但柏桦却勇于做这样的尝试，并把它作为自己诗学的核心要素之一贯彻并落实下来。柏桦在较早的时候曾谈述他自己的诗观，读者得以通过《我的早期诗观》一文知道，他的诗歌从开始起步就具有了象征主义诗歌的特点。这点在他的名作《左边》一书中也有较为详细的解释。

但是我觉得，柏桦的诗歌除了具有象征主义特点之外，同时也对象征主义有明显偏离。这个问题，也许放在新时期诗歌史中更能见出。

我先谈谈从柏桦自身如何来看这个问题。柏桦在推崇象征主义诗艺的同时，他实际上也把法国象征主义诗艺"拿来"为我所用，将之加入中国元素。他对象征主义的迷恋，体现在他对自己诗歌在声音方面的苛刻要求上。他在《卞之琳逸事》一诗的标题下引用了《瓦雷里全集》中的话："上帝无偿地赠给我们第一句，而我们必须自己来写第二句，这第二句须与首句词尾同韵，而且无愧于它那神赐的'兄长'。

为使第二句能同上帝的馈赠相媲美,就是用上全部经验和才能也不过分。"而我们通过阅读柏桦的诗歌,不难发现,他在写作中对声音的重视。在他,直接体现在一些诗歌中,他把诗歌的声音同呼吸结合起来,赋予呼吸以重大的诗学意义。比如他有一首诗的标题,直接取名为"呼吸"。

这种对声音的追求,我们可以和第三代诗歌中注重写口语的一些诗人对"语感"的倚重形成一个对照。我觉得,后者与柏桦相比,在诗歌的形式上,可能并不太注意。但是柏桦则不同,他对诗歌的形式有一种洁癖式的追求,通过声音,来追求诗歌形式上的"精细"。所谓"精细",乃是瓦雷里对诗歌嘉许的一个标准。瓦雷里在谈到《海滨墓园》的创作时曾说:"伏尔泰有一句绝妙的话:'只有精细之美,才成其为诗。'我对此毫无异议。"柏桦的诗歌的精细,这应该成为一个共识而无须多言。

除此之外,柏桦对象征主义的偏离更体现在他对诗歌中书写平凡的看重。平凡,是他诗歌最重要和最具标识性的特征之一。这个平凡,按照纳博科夫的看法,那就是"过一个普通人的小日子也不坏"。而在柏桦,他在十多年前写的《水绘仙侣》中,可以概括为"做一份人家"。这五个字,看似极轻,但其实也极重。轻在它是一种卡尔维诺所谓的"轻逸",是以轻逸的身姿和动作,轻盈地一跳,摆脱了"历史"的纠缠。这里说的历史,准确来说是"历史意识",也是夏志清说的普遍存在于中国现代文学中的那种"感时忧国精神"。

柏桦的诗歌中,——不难发现——也有很多历史,但是他在处理历史的时候,对事物的感知不是"感时忧国精神"或这种"精神"的变种,他跳出了历史的纠缠,以"平凡"的视角来考察和感知历史以及世间万物。所以,他的诗歌里的抒情,是一种轻的抒情——轻逸的、轻盈的——但这种抒情,可不是——正如卡尔维诺说的——像鸟的羽毛那么轻,而是鸟本身。是让生命从历史的纠缠中摆脱出来之后的轻,不是轻如鸿毛。这是柏桦诗歌的"轻"的根本所在。这种轻,就是基于"做一份人家",过日常的、平常的、平凡的生活,从日常中,从平常中,从平凡中抒情。

我说"做一份人家"这五个字,看似很轻,但也很重,这意思是,它具有重大的诗学意义。这个问题,也许要考察一整部百年新诗史了。即便从当今来说,能做到在诗歌中写平凡,又写得很"轻"的诗人,真是寥寥无几。柏桦的诗歌,不但写平凡,也把这个"平凡"写得很轻。他的诗歌的抒情内质,是平凡与轻同时兼具的。这个问题如果与那种虽然也写平凡,但是却写得很重的诗歌形成一个对照,看得更为清楚。这也使得柏桦的诗歌在抒情的时候,同时兼备了现象学特质。

以下简单谈谈柏桦诗歌在新时期诗歌史的价值。柏桦诗歌在对象征主义的偏离部分,也是柏桦诗歌最具魅力和标识性的地方。这个偏离部分,就是上文所谈到的那些。我在这里要强调平凡性,他的诗歌在抒情时的平凡性。这是他诗歌中非常迷人而且具有文学史价值的部分。

通常我们将1978年作为新时期诗歌开始的标志。为了避免讨论的复杂化,我选取从新时期开始,而不是将这个话题放在百年新诗这个框架内,没有将它拓展到晚清,就像王德威在讨论中国文学被压抑的现代性那样,将问题的时间推得那么远。"新时期"其实也不新了,1978年距今已经四十二年。

这部诗集的名字叫"柏桦抒情诗集",我觉得这个名字还是很有勇气。"抒情"在当今的先锋诗歌议题中可不是谁都敢使用的,几乎很少有诗人敢于向世人坦诚地说:我的诗歌是抒情的。但柏桦就这么做了。他这个抒情,在四十二年的新时期诗歌史视野中,体现出一种诗学上的勇气。

在朦胧诗或今天派那里,抒情是诗歌的主要表达方式和特质,但那种抒情,是一种以对抗美学为主要特点的写作,其中有一种非常硬的东西，就是历史意识。这个东西不但硬，而且很大，宏大的大。所以朦胧诗或今天派的抒情，因为内核里的硬或者大，使得抒情本身变成了非常空洞的东西，这种诗大多也是流于某种抽象的精神性，脱离日常生活，脱离生命，且具有很强的意识形态色彩的诗歌。

　　柏桦的诗歌的价值也就在这个背景下凸显出来了。他最初倚重象征主义，写了一种与朦胧诗截然不同的诗歌。早在1981年的《表达》一诗，就明显看出了这种在诗学或美学上对朦胧诗进行破坏的东西。而在此后，他写的《夏天还很远》等诗歌，在诗学上就有了明显的突进，那就是他在诗歌中加入了平凡的因素，从而他的诗歌具有一种抒情的平凡性。这种写作，在进入21世纪以后，则又以柏桦提出"逸乐"作为标志，不但对象征主义诗艺有所偏离，也对中国新时期以来的诗歌有决然的偏离。这所谓的"逸乐"，表明其书写的对象，主要是平凡的生活。柏桦曾说，犹如蛇会蜕皮，他也从"呐喊"中脱出，如今爱上了逸乐。

　　这等于是宣布，他在与一部分自我决裂，更与整个中国新时期诗歌决裂。他的美学或诗学方式，是仅此一家地既书写平凡又赋予平凡以轻的内质的写作。这一点，我们须明辨，并要确认其价值：柏桦的诗歌是一种具有抒情特点的诗歌，他的抒情具有平凡性。而他能够做到这一点，这绝对是个大英雄。这在后朦胧诗，以及此后的90年代诗歌、21世纪以来的诗歌中，也显出了一种非常明显的对照。

　　在本文结束的地方，我要说一句，柏桦是一位写平凡的英雄。顺带再说一句，这个英雄不是在朦胧诗时期所指的那种对抗诗学中具有悲剧感的英雄，而是一种——在词义上——非常接近"大师"内涵的英雄，可能，这个"英雄"，还是快乐的。

李商雨<br>
2020年5月14日

# 目录

### 辑一 | 夏天还很远 1981—1987

002　表达
005　抒情诗一首
007　再见，夏天
008　悬崖
010　夏天还很远
012　惟有旧日子带给我们幸福
015　白头巾
016　望气的人
017　李后主
018　在清朝
020　痛
022　侧影
023　青春
025　牺牲品
027　献给曼杰斯塔姆
029　美人
031　琼斯敦

### 辑二 | 麦子：纪念海子 1988—1991

034　往事
036　活着
037　夜色

039　回忆

040　自由

041　骑手

042　夏日读诗人传记

044　教育

045　1966年夏天

046　纪念朱湘

047　麦子：纪念海子

049　在玄武湖眺望

051　演春与种梨

053　现实

054　以桦皮为衣的人

055　未来

056　春

057　老诗人

058　衰老经

## 辑三 | 礼物 2004—2010

060　在猿王洞

061　抒情

063　决裂与扎根

064　忆重庆

065　重庆十五中学的回忆

066　嘉陵江畔

067　高山与流水

069　忆故人

070　在破山寺禅院

072　礼物

074　对话：小团圆

075　知青岁月

077　你和我

079　一只小猪

080　人生问答

## 辑四 | 生活，真好 2011—2013

082　风在说

085　两个最美的亚洲少年

086　河南惨

087　乡愁

088　格言

089　生命

090　再忆重庆

091　异乡记：问答张爱玲

093　无碍

094　路易十六之死

096　查理一世之死

097　好快，1978年的恋爱

099　契诃夫的童年

100　嘉靖皇帝的一生

102　乡里，井边

103　老妇吟

104　为你消得万古愁

105　宣城，1974

106　忆重庆山洞

107　人生

108　少年废话诗

| | |
|---|---|
| 109 | 胖 |
| 110 | 在花园里 |
| 111 | 在坟边 |
| 112 | 回忆（二） |
| 114 | 柏林，1927年的事 |
| 116 | 若风的人尽醉归 |
| 117 | 张枣在图宾根 |
| 118 | 在南京 |
| 119 | 致朝鲜女郎 |
| 120 | 卞之琳逸事 |
| 122 | 剪刀重庆 |
| 123 | 最后 |
| 124 | 生活，真好 |
| 125 | 南充一闪 |
| 126 | 黄桷树下 |
| 128 | 1990，南京深冬的一个早上 |
| 129 | 张枣从威茨堡来信 |
| 130 | 上海，1943 |
| 131 | 假儿歌 |
| 132 | 在人间 |
| 133 | 山洞，1970 |
| 134 | 胡说 |
| 135 | 向南方呼吸…… |
| 136 | 在北碚凉亭 |
| 137 | 花生逸事 |
| 138 | 一封来自1983年的情书 |
| 139 | 老人与少女 |
| 140 | 1973，公正大队的茨维塔耶娃 |
| 141 | 初夏，读《洪范》 |

142 登双照楼

143 某人的今生与来世

144 三国秋千

145 读契诃夫《醋栗》

146 褒曼

148 夏日读杜拉斯

149 童年

150 小职员的一生

151 秋事,1956

152 胡的杀气

153 荡子心声

154 革命要诗与学问

155 天涯道路

156 库切的童年与桉树的气味

157 温州之恋

158 小姐

159 唇

160 四月日记

**辑五 | 年少是一种幸运 2014**

162 风景与生活

164 郑单衣

165 长沙

166 鲜宅,1967

168 当你老了

170 一种相遇

171 京都故事

172 1913

| | |
|---|---|
| 173 | 回忆（三） |
| 174 | 小学 |
| 175 | 款式知多少 |
| 176 | 田的一生 |
| 178 | 追凉——山中小寺 |
| 179 | 求精中学 |
| 180 | 抄风 |
| 181 | 致吕祥 |
| 182 | 从重庆去南京 |
| 183 | 小风景 |
| 184 | 养小录 |
| 185 | 七天日记 |
| 187 | 东坡翁二三事 |
| 188 | 竹笑 |
| 189 | 反向与艳遇 |
| 190 | 1987年夏天，黑水 |
| 191 | 瑞典幻觉：论嘉宝 |
| 192 | 布 |
| 193 | 学习年代 |
| 196 | 过桥 |
| 197 | 在尘世 |
| 198 | 重庆，后来…… |
| 199 | 年少是一种幸运 |
| 200 | 为了告别的悬念之家 |
| 201 | 忆柏林 |
| 202 | 痛苦与白 |
| 203 | 杭州，1253年 |
| 204 | 吃惊的事 |
| 205 | 天空 |

- 206　光景各有去处
- 207　因为
- 208　还不够
- 209　我这一生便没有虚度……
- 210　我在怀念
- 211　易怒与孤独之白
- 212　永恒
- 213　回忆玛丽·安,兼忆蜜谢依娜
- 214　重庆,别过
- 216　风吹,黎明
- 217　论美
- 218　扬州梦
- 219　来做神州袖手人
- 220　寻找声音
- 221　诗速,思想
- 222　倾听茨维塔耶娃
- 224　烟与重

## 辑六｜祖国或前世今生 2015

- 226　人生苦短
- 228　悔惜
- 229　夏天
- 230　巫山
- 231　镜像
- 232　白桦树
- 234　错过
- 235　肥料传奇
- 236　顺生论

237 诗性教育
238 来自北京的夏天
239 关于张爱玲的微电影(三个片段)
240 基辅之春
241 幻觉罗斯
242 冷热的感觉
243 祖国或前世今生
244 在南方
245 痰吐与呼愁
246 重写布罗迪小姐的青春
247 这世界
248 信
249 致刘波
251 美即真
252 在一个封闭的房间

## 辑七 | 江南来信 2016—2017

254 忆旧游
256 燕子与蛇的故事
257 想到……
258 写作
259 人、鸟在度过……
260 五十年后
261 全身哭
262 柏林晨景
263 轻盈的妈妈
264 别怕
265 绽放

| | |
|---|---|
| 266 | 一个男作家写信谈友谊 |
| 267 | 江南来信 |
| 268 | 过秦淮 |
| 269 | 暹罗的回忆 |
| 270 | 出夏入秋,少年杭州 |
| 271 | 纪念一个诗人 |
| 272 | 扫墓 |
| 273 | 临刑前的一生 |
| 275 | 晚霞里 |
| 276 | 在巴黎 |
| 277 | 出西藏记 |
| 278 | 人各一生 |
| 279 | 云 |
| 280 | 常常 |
| 282 | 论燕子 |
| 283 | 我俩 |
| 284 | 家庭生活 |
| 285 | 瞬间 |
| 287 | 父与子 |

### 辑八 | 今夕是何夕 2018—2019

| | |
|---|---|
| 290 | 推云 |
| 291 | 诗人与亲人 |
| 292 | 我是谁 |
| 294 | 马 |
| 296 | 永恒 |
| 297 | 天 |
| 298 | 像铁一样硬 |

| | |
|---|---|
| 299 | 金无息致小鱼的信 |
| 301 | 不舍昼夜 |
| 302 | 篮子 |
| 303 | 水警句 |
| 305 | 大河恋 |
| 307 | 得过且过 |
| 308 | 重庆之冬 |
| 309 | 妈妈 |
| 310 | 妈妈的动作 |
| 311 | 汉哀帝的哀意 |
| 312 | 呼吸 |
| 313 | 今夕是何夕 |
| 314 | "愿这光景常在" |
| 315 | 几个下午 |
| 317 | 年轻 |
| 318 | 回忆韩非子 |
| 319 | 人生如梦 |
| 320 | 天空（二） |
| 321 | 人的悲哀未必真悲哀 |
| | |
| 323 | 跋 |

**辑一 | 夏天还很远 1981—1987**

## 表达

我要表达一种情绪
一种白色的情绪
这情绪不会说话
你也不能感到它的存在
但它存在
来自另一个星球
只为了今天这个夜晚
才来到这个陌生的世界

它是一个幽灵
拖着一条长长的影子
可就是找不到另一个可以交谈的影子

你如果说它像一块石头
冰冷而沉默
我就告诉你它是一朵花
这花的气味在夜空下潜行
只有当你死亡之时
才进入你意识的平原
音乐无法呈现这种情绪
舞蹈也不能抒发它的形体
你无法知道它的头发有多少
也不知道它为什么要梳成这样的发式

你爱它,它不爱你
你的爱是从去年春天的傍晚开始的
为何不是今年冬日的黎明?

我要表达一种细胞运动的情绪
我要思考它们为什么反叛自己
给自己带来莫名的激动和怒气

我知道这种情绪很难表达
比如夜,为什么在这时降临?
人与风为什么在这时相爱?
你为什么在这时死去?

我知道鲜血的流淌是无声的
虽然悲壮、磅礴
也无法溶化这铺满钢铁的大地

水流动发出一种声音
树断裂发出一种声音
蛇缠住青蛙发出一种声音
这声音预示着什么?
是准备传达一种情绪呢?
还是表达一种内含的哲理?

还有那些哭声
那些不可言喻的哭声

中国的儿女在古城下哭泣过

基督忠实的儿女在耶路撒冷哭泣过

千千万万的人在广岛死去了

日本人曾哭泣过

那些殉难者，那些怯懦者也哭泣过

可这一切都很难被理解

一种白色的情绪

一种无法表达的情绪

就在今夜

已经来到这个世界

在我们视觉之外

在我们中枢神经里

静静地笼罩着整个宇宙

它不会死，也不会离开我们

在我们心里延续着，延续着

不能平息，不能感知

因为我们不想死去

1981 年 10 月

**抒情诗一首**

今夜,我独自享受着雪花
我似乎只为了这絮语
难过得无法感谢它的来临
它每年都来拜访我幽居的孤独
来和我谈谈熟悉的话儿
带给我一些未老先衰的感情
以及非常非常轻柔的寒冷的诗意

我开始重新想念好久以前
我等待过小学黎明前的憧憬
等待过初中莫名的紧张和难堪
等待过青年时代离奇的烦闷
可这一切都来过了
依然是平凡的岁月的流逝

今夜我感到有一种等待是不能完成的
就像要改变一种镇静的仇恨不可能一样
我无法改变这种习惯的姿势
即便这没有什么特别的意义

我迎接过无数的夏天……
(从重庆到广州)
随后全溶入了凉快的河流

死亡何时才向你走来?
这我并不清楚

我又重新想起好久以前
我幻想过深夜浪涛的拍岸之音
幻想过漂浮的流云单薄的身影
幻想过遥远而不知名的森林的沉思

今夜我知道有一种幻想是无法变换的
就像注定地忍受下去的四季的更替
消瘦又壮大的命运与生息
周而复始的兴奋或悒郁

无名的雪花轻轻地下吧
轻轻地低述你寂寞的话语
此时再不会有别的忧烦
来打扰你沉默的思绪

1982 年 11 月

## 再见,夏天

我用整个夏天同你告别
我的悲怆和诗歌
皱纹噼啪点起
岁月在焚烧中变为勇敢的痛哭

泪水汹涌,燃遍道路
燕子南来北去
证明我们苦难的爱情
暴雨后的坚贞不屈

风迎面扑来,树林倾倒
我散步穿过黑色的草地
穿过干枯的水库
心跳迅速,无言而感动

我来向你告别,夏天
我的痛苦和幸福
曾火热地经历你的温柔
忘却吧、记住吧、再见吧,夏天!

1984年8月

## 悬崖

一个城市有一个人
两个城市有一个向度
寂静的外套无声地等待

陌生的旅行
羞怯而无端端地前进
去报答一种气候
克制正杀害时间

夜里别上阁楼
一个地址有一次死亡
那依稀的白颈项
正转过头来

此时你制造一首诗
就等于制造一艘沉船
一棵黑树
或一片雨天的堤岸

忍耐变得莫测
过度的谜语
无法解开的貂蝉的耳朵
意志无缘无故地离开……

器官突然枯萎

李贺边骑边哭

唐代的手再不回来

            1984 年秋

## 夏天还很远
　　——致父亲


一日逝去又一日
某种东西暗中接近你
坐一坐，走一走
看树叶落了
看小雨下了
看一个人沿街而过
夏天还很远

真快呀，一出生就消失
所有的善在十月的夜晚进来
太美，全不察觉
巨大的宁静如你干净的布鞋
在床边，往事依稀、温婉
如一只旧盒子
一个褪色的书签
夏天还很远

偶然遇见，可能想不起
外面有一点冷
左手也疲倦
暗地里一直往左边
偏僻又深入
那唯一痴痴的挂念

夏天还很远

再不了,动辄发脾气,动辄热爱
拾起从前的坏习惯
灰心年复一年
小竹楼、白衬衫
你是不是正当年?
难得下一次决心
夏天还很远

1984 年冬

## 惟有旧日子带给我们幸福

墙上的挂钟还是那个样子
低沉的声音从里面发出
不知受着怎样一种忧郁的折磨
时间也变得空虚
像冬日的薄雾

我坐在黑色的椅子上
随便翻动厚厚的书籍
也许我什么都没有做
只暗自等候你熟悉的脚步

钟声仿佛在很远的地方响起
我的耳朵痛苦地倾听
今夜我心爱的拜访还会再来吗?
我知道你总是老样子
但你每一次都注定带来不同的欢乐

我记得那一年夏天的傍晚
我们谈了许多话,走了许多路
接着是彻夜不眠的激动
哦,太遥远了……
直到今天我才明白
这一切全是为了另一些季节的幽独

可能某一个冬天的傍晚
我偶然如此时
似乎在阅读,似乎在等候
性急与难过交替
目光流露宁静的无助
许多年前的姿态又会单调地重复

我想我们的消逝一定是一样的
比如头发与日历
比如夸夸其谈与年轻时的装束
那时你一生气就撕掉我的信封
这些美丽的事迹若星星
不同,却缀满记忆的夜空
我一想到它就伤心,亲切而平和

望着窗外渐浓的寒霜
冷风拍打着孤独的树干
我暗自思量这勇敢的身躯
究竟是谁使它坚如石头
一到春天就枝繁叶茂
不像你,也不像我
一次长成只为了一次零落

那些数不清的季节和眼泪
它们都去哪里了?
我们的影子和夜晚

又将在哪里逢着?

一滴泪珠坠落,打湿书页的一角
一根头发飘下来,又轻轻拂走
如果你这时来访,我会对你说
记住吧,老朋友
惟有旧日子带给我们幸福

1984 年冬

# 白头巾

那边有个声音在喊我
眼睛死死地盯着
在深夜
点起两支神秘的香

那边有个声音在喊我
手指突然被扭曲
在深夜
点起两支神秘的香

此刻我俩将创造一个陌生
并属于这个陌生
不会有太多的笑

但我们必须承认
从北碚到烈士墓
有三个夜晚已经死了

1984 年冬

**望气的人**

望气的人行色匆匆
登高眺远
眼中沉沉的暮霭
长出黄金、几何与宫殿

穷巷西风突变
一个英雄正动身去千里之外
望气的人看到了
他激动的草鞋和布衫

更远的山谷浑然
零落的钟声依稀可闻
两个儿童打扫着亭台
望气的人坐对空寂的傍晚

吉祥之云宽大
一个干枯的导师沉默
独自在吐火、炼丹
望气的人看穿了石头里的图案

乡间的日子风调雨顺
菜田一畦,流水一涧
这边青翠未改
望气的人已走上了另一座山巅

1986 年暮春

# 李后主

遥远的清朗的男子
在 977 年一个细瘦的秋天
装满表达和酒
彻夜难眠、内疚
忠贞的泪水在湖面漂流

梦中的小船像一首旧曲
思念挥霍的岁月
负债的烟
失去的爱情的创伤
一个国家的沦落

哦,后主
林阴雨昏、落日楼头
你摸过的栏杆
已变成一首诗的细节或珍珠
你用刀割着酒、割着衣袖
还用小窗的灯火
吹燃竹林的风、书生的抱负
同时也吹燃了一个风流的女巫

1986 年暮春

## 在清朝

在清朝
安闲和理想越来越深
牛羊无事,百姓下棋
科举也大公无私
货币两地不同
有时还用谷物兑换
茶叶、丝、瓷器

在清朝
山水画臻于完美
纸张泛滥,风筝遍地
灯笼得了要领
一座座庙宇向南
财富似乎过分

在清朝
诗人不事营生、爱面子
饮酒落花,风和日丽
池塘的水很肥
二只鸭子迎风游泳
风马牛不相及

在清朝

一个人梦见一个人
夜读太史公,清晨扫地
而朝廷增设军机处
每年选拔长指甲的官吏

在清朝
多胡须和无胡须的人
严于身教,不苟言谈
农村人不愿认字
孩子们敬老
母亲屈从于儿子

在清朝
用款税激励人民
办水利、办学校、办祠堂
编印书籍、整理地方志
建筑弄得古香古色

在清朝
哲学如雨,科学不能适应
有一个人朝三暮四
无端端地着急
愤怒成为他毕生的事业
他于一八四二年死去

1986 年 10 月

## 痛

　　痛常常非常主观，它像一道谜。
　　痛是我们每个人活着的惩罚，是道德不够完美的代价，是性压抑造成的自我折磨，是由神所赐予，或是与大自然不协调造成的结果。
　　　　　　　　　　　　　　　——题记

　　对你体内起伏的疼痛，也只需置之一笑。
　　　　　　　　　　　　　　　——佛陀

## 一

该怎样看待痛的地位？
医生带来了一些陈述
他教育我们，并指出
我们道德上犯的过错

每一个人肉中的地狱
贯穿每一个人的头脚
无论你警惕或者愤恨
都不可能从其中逃脱

痛也影射了一颗牙齿
一种痛风的热，被认为
坏透了！却不能避免，
它成为人害怕的东西

## 二

人,幻觉之痛的核心
倾注于虚无缥缈的信仰
镇住了那突如其来的
自然主义悲剧的深度?

而报应和天性中的恶
却不停地分配着惩罚
还用说吗?古老的稳定
会平衡人及其幸福

怕痛?还是更怕耻辱?
今天,我们层出不穷……
对己我们反省甚于忍耐
对人我们怜悯多于宽恕

1986年10月

## 侧影

你不必耐心太多
她已无法承受
她的热血太刺眼了
她决定自杀

宴席正进行
窗外飞鸟不动
乐曲旧地梦游
人们不断地打开话匣

有人憧憬形象
有人雌雄同体
有人长大成人
有人退出胜利

而我看着这个灯下人
我为她难过
她赋予夜色尸体之美
这一点是否令你吃惊?

1986 年 11 月

## 青春

> 等着吧,我的诗歌兄弟
> 五千三百年后会有个矮子
> 来德阳的墓地找你。
>
> ——引子

上大学的少年大踏步进步
那来自德阳进步的热泪
焚烧了良心的海市蜃楼
爱抱怨的他找不到医生
他疯狂于皮包骨头的痴情

浓酒倾注,汇入寒流——
酿造出梦游者的节日
词语从虚妄的诗歌中晕倒
在川大后门幽灵开始复活

"你怎么还不带我回去"?
垂直的疲倦已累垮了空气
不遇?我们就怀才当街撞车!
我们就哭聋一年一年的耳朵!

此时他有勇气经历这场白雪
这不断的白得耀眼的爱情

这不断的白得耀眼的冬天
这不断的白得耀眼的神经病!

1986 年冬

## 牺牲品

抒情的同志嚼蜡
养成艰巨而绝望的习惯
每天过眼云烟
不容忍睡眠
以丝丝入扣的舌头喝茶
探讨问题
挥霍掉口水的真诚

靠酒的关系
抒情的同志磨皮擦痒
赶写诱惑者日记
对抓住的人施虐、灌汤
夜夜敲诈热情
免遭学习

在一个不合时宜的地方
集中复制出形象——
抒情的同志裸露委屈
挖空心思
用徒然的标志
啃吃千篇一律的性欲

阿司匹林、高烧

金蔷薇般固定的服装
牙刷和牙齿……
老马！老巴！
抒情的同志该怎样呢？

应该成为一个严肃的人
应该成为一个道德的人
而抒情的同志天长地久
抒情的同志无事生非

1986年冬

## 献给曼杰斯塔姆

那个生活在神经里的人
害怕什么呢?
害怕赤身裸体的纯洁?
不!害怕声音
那甩掉了思想的声音

我梦想中的诗人
穿过太重的北方
穿过瘦弱的幻觉的童年
你难免来到人间

今天,我承担你怪癖的一天
今天,我承担你天真的一天
今天,我突出你的悲剧

沉默在指明
诗篇在心跳、在怜惜
无辜的舌头染上语言
这也是我记忆中的某一天

牛已停止耕耘
镰刀已放弃亡命
风正屏住呼吸

啊，寒冷，你在加紧运送冬天

焦急的莫斯科
你握紧了动人的肺腑
迎着漫天雪花、翘首以待
啊，你看，他来了
我们诗人中最可泣的亡魂！
他正朝我走来

我开始属于这儿
我开始钻进你的形体
我开始代替你残酷的天堂
我，一个外来的长不大的孩子
对于这一切
路边的群众只能更孤单

1987 年 11 月

# 美人

我听见孤独的云
燃红恭敬的街道
是否有武装上膛的声音
当然还有马群踏弯空气

必须向我致敬,美的行刑队
死亡已整队完毕
开始从深山涌进城里

而一些颜色
一些伪装的沉重与神圣
从我们肉体中碎身

衰老的雷管定时于夜半的腹部
孩子们在食物中寻找颓废
年轻人由于形象走向斗争

此时谁在吹
谁就是火
谁就是开花的痉挛的脉搏

我指甲上的幽魂,攀登的器官
在酒中成长

雨不停地敲打我们的脑壳

挑剔的气候，心之森林
推动着、检阅着黑水
时光的泥塑造我们的骨头

整整一个秋天，美人
我目睹了你
你驱赶了或淹死了
我们清洁的上升的热血

1987 年 11 月

**琼斯敦**

孩子们可以开始了
这革命的一夜
来世的一夜
人民圣殿的一夜
摇撼的风暴的中心
已厌倦了那些不死者
正急着把我们带向那边

幻想中的敌人
穿梭般地袭击我们
我们的公社如同斯大林格勒
空中充满纳粹的气味

热血旋涡的一刻到了
感情在冲破
指头在戳入
胶水广泛地投向阶级
妄想的耐心与反动做斗争

从春季到秋季
性急与失望四处蔓延
示威的牙齿啃着难挨的时日
男孩们胸中的军火渴望爆炸

孤僻的禁忌撕咬着眼泪
看那残食的群众已经发动

一个女孩在演习自杀
她因疯狂而趋于激烈的秀发
多么亲切地披在无助的肩上
那是十七岁的标志
唯一的标志

而我们精神上初恋的象征
我们那白得炫目的父亲
幸福的子弹击中他的太阳穴
他天真的亡灵仍在倾注：
信仰治疗、宗教武士道
秀丽的政变的躯体

如山的尸首已停止排演
空前的寂静高声宣誓：
度过危机
操练思想
纯洁牺牲
面对这集中肉体背叛的白夜
这人性中最后的白夜
我知道这也是我痛苦的丰收夜

1987年12月

辑二 | 麦子：纪念海子 1988—1991

## 往事

这些无辜的使者
她们平凡地穿着夏天的衣服
坐在这里,我的身旁
向我微笑
向我微露老年的害羞的乳房

那曾经多么热烈的旅途
那无知的疲乏
都停在这陌生的一刻
这善意的,令人哭泣的一刻

老年,如此多的鞠躬
本地普通话(是否必要呢?)
温柔的色情的假牙
一腔烈火

我已集中精力看到了
中午的清风
它吹拂相遇的眼神
这伤感
这坦开的仁慈
这纯属旧时代的风流韵事

啊，这些无辜的使者

她们频频走动

悄悄叩门

满怀恋爱和敬仰

来到我经历太少的人生

1988 年 10 月

## 活着

在迷离的市声中
隐约传来暗淡的口琴声
啊,这是阳光普照的一刻
这是下午的大地

运行不已的春光啊
带走她蓦然远飞的年轻心思
北方、南方
到处是一样的经历

她站立在明净的平台上
赞叹自己左倾的身体
风吹乱她的头发
这是真的,她多么年轻

当天气从潦倒中退去
当落日迎来了流水
她轻声对自己说:
"我要活着、活着、活到底"

1989 年 2 月

**夜色**

你在此经历夜色
经历风景的整容
以及又一次青春的消息

看,满天星星
远处白羊站立
这是春天的一夜
这是难得的一夜
故事继续,记忆停止

你该感激什么呢?
这景色,这细节
这专心爱着的大地
你该发现什么呢?
生活、现实而不是挑剔!

再集中一些吧
集中即抒情
即投身幸福的样子
即沉迷的样子
当夜色继续暗下去

你已经更无辜了

面对这个爱走长路的人
他放弃就赢得一切

1989 年 3 月

## 回忆

我在初春的阳台上回忆
一九八六年春夜
我和你漫步这幽静的街头
直到天色将明

我在幻想着未来吧
我在对你读一首诗吧
你松开的发辫显得多无力
风吹热你惊慌的脸庞
这脸,这微倦的暖人风光

回忆中无用的白银啊
轻柔的无辜的命运啊
这又一年白色的春夜
我决定自暴自弃
我决定远走他乡

1989 年 3 月

# 自由

自由就是春天的大地
春天的人民涌出城门

自由就是呼唤的山花
山花匆忙地款待我们

是什么东西让我们受不了
我们的心因欢乐而颓丧

激情是风景中的几点
运动的或静止的几点
哦,纯洁的,美的几点

孩子们,那些孤单的孩子们
你们在草地上,溪水旁
自由正照临你们头上

1989 年 3 月

**骑手**

冲过初春的寒意
一匹马在暮色中奔驰
一匹马来自冬天的俄罗斯

春风释怀,落木开道
一曲音乐响彻大地
冲锋的骑手是一位英俊少女

七十二小时,已经七十二小时
她激情的加速度
仍以死亡的加速度前进

是什么呼声叩击着中国的原野
是什么呼声像闪电从两边退去
啊,那是发自耳边的沙沙的爱情

命运也测不出这伟大的谜底
太远了,一匹马的命运
太远了,一个孩子的命运

1989 年春

**夏日读诗人传记**

这哲学令我羞愧
他期望太高
两次打算放弃
不!两次打算去死
漫长的三个月是他沉沦的三个月
我漫长的痛苦跟随他
从北京直到重庆

整整三个月,云游的小孤儿
暗中要成为大诗人
他的童年已经结束
他已经十六岁
他反复说"要么为自己牺牲自己
要么为别人而活着。"
这哲学令我羞愧

他表达的速度太快了
我无法跟上这意义
短暂夏日翻过第八十九页
瞧,他孤单的颈子开始发炎
在意义中,也在激情中
并一直持续下去
这哲学令我羞愧

再瞧，他的身子
多敏感，多难看
太小了，太瘦了
只有狡黠的眼神
肯定了他的力量
但这是不幸的力量
这哲学令我羞愧

其中还有一些绝望的细节
无人问津的两三个细节
梦游的两三个细节
竖着指头的两三个细节
由于一句话而自杀的细节
那是十七岁的一个细节
这唯一的哲学令我羞愧

1989 年冬

## 教育

我传播着你的美名
一个偷吃了三个蛋糕的儿童
一个无法玩掉一个下午的儿童

旧时代的儿童啊
二十年前的蛋糕啊
那是决定我前途的下午
也是我无法玩掉的下午

家长不老,也不能歌唱
忙于说话和保健
并打击儿童的骨头

寂寞中养成挥金如土的儿子
这个注定要歌唱的儿子
但冬天的思想者拒受教育
冬天的思想者只剩下骨头

1989 年冬

## 1966 年夏天

成长啊,随风成长
仅仅三天,三天!
一颗心红了
祖国正临街吹响

吹啊吹,早来的青春
吹绿少先队的爱情,
也吹绿大地的思想
瞧,政治多么美
夏天穿上了军装

生活啊!欢乐啊!
那最后一枚像章
那自由与怀乡之歌
哦,不!放学!
那十岁的无瑕的天堂

1989 年 12 月 26 日

## 纪念朱湘

这是我一眼就注意的形象
秋风中狂热的形象
但在一本书中是那么安详

内秀的孤独的饮酒人
不可理喻的敏锐的就义者
临死前又饮下一大杯?
投身江水进入必然的长眠

我知道你从小演习烈士的仪表
你的青春曾在流言里受尽流浪
但你的歌只能属于天堂

为什么你这榜样到死才出众
才让我们忙着纪念
忙着说话,忙着通信
忙着这一切,直到 1989

1989 年 12 月

## 麦子:纪念海子

> 为有牺牲多壮志,敢教日月换新天。
>
> ——毛泽东

麦子,我面对你
我垂下疼痛的双手
麦子,我左胸的一枚像章
我请求你停止疯长!

麦子!麦子!麦子!
北方就要因此而流血
看吧,从安徽直到我手里
直到祖国的中心
一粒精神正飞速传递

是谁两手空空,面朝黄土
是谁发出绝食的命令
麦子!麦子!麦子!
一滴泪打在饥饿的头顶
你率领绝食进入第168个小时

麦子,我们的麦子
啊,麦子,大地的麦子!
长空星辰照耀

南方在肉体中哭泣
麦子！麦子！麦子！

请宣告吧！麦子，
下一步，下一步！
下一步就是牺牲
下一步不是宴席

1989 年冬

## 在玄武湖眺望

这是光彩照人的一个早晨
粉红色的梅花开满庭院
这美景是否足够了呢?
你,一个眺望风景的人
正站立梁洲闻鸡亭边
无话可说,继续你的眺望——

穿越……1912年新春
——第一道黎明之光
——南京,东方边境的风景
——如水平静;孙文与庆龄
合上日记推开窗——眺望,
世界原来没有奇迹,只有落实——

远方,在古代的城门下
湿润的草药悬挂于门前
一口小泉流入幽单的井底
汽车运送着无尽的旅客……
一群孩子在为什么欢呼?!

音乐在那儿,朝日在那儿
窸窸窣窣的纸张在那儿
乒乒乓乓的案板在那儿

你也端着个小本子,摘抄……
并继续你的眺望——

1990 年春

**演春与种梨**
——赠杨键、李淑亚

一

日暮,灯火初上
二人在园里谈论春色
一片黑暗,淙淙水响
呵,几点星光
生活开始了……

暮春,我们聚首的日子
家有春椅、春桌、春酒
呵,纸,纸,纸啊
你沦入写作
并暂时忘记了……

二

足寒伤神,园庭荒凉
他的晚年急于种梨
种梨、种梨……
陌生的、温润的梨呀
光阴的梨、流逝的梨
来到他悲剧的正面像

梨的命运是美丽的
他的注视是腼腆的
但如果生活中没有梨
如果梨的青春会老死

如果、如果……
如果不在南京,在采石矶
那他就没有依傍,
就不能歌唱……

1990 年 9 月 30 日

# 现实

这是温和,
不是温和的修辞学
这是厌烦,厌烦本身

前途、阅读、转身、走动
一切都是慢的……

长夜里,收割并非出自必要
长夜里,速度应该省掉

而冬天也可能正是春天
而鲁迅也可能正是林语堂

1990 年 12 月 11 日

**以桦皮为衣的人**

这是纤细的下午四点
他老了

秋天的九月,天高气清
厨房安静
他流下伤心的鼻血

他决定去五台山
那意思是不要捉死蛇
那意思是作诗:

"雪中狮子骑来看"

1990 年 12 月 11 日

**未来**

  天涯半是伤春客,漂泊烦他青眼看。
      ——袁枚《随园诗话》


这漂泊物应该回去
寂寞已伤了他的身子

有幸的肝沉湎于鱼与骄傲
不幸的青春加上正哭的酒精

愤怒还需要更大吗?
骂人还骂得不够

鸟、兽、花、木,春、夏、秋、冬
俱震惊于他是一个体育迷!

红更红,白更白
黄上加黄,他是他未来的尸体

1990 年 12 月

# 春

>  翅膀硬了的鸟可以飞了。
> ——题记

> 反者道之动。
> ——老子《道德经》

来了,哈哈大笑的春天来了……
教室的三合土地面放射光芒,
再过三天就放学。到农村去
那里广阔的天地大有作为——

孩子们用尼龙绳捆扎铺盖包裹
孩子们用手勾画长征的道路
其中有个孩子举着羊头痛哭!
他吵着要穿一件夏天的衣服!

春!乌托邦里有个反乌托邦。
春!孔子语录里有个反孔子。
春!每个时代有它的学风,
也有它自己行走的姿态。

1991年2月

## 老诗人

阳春三月,田园善感——
再过十天,他就六十岁了
他说还有几行诗在折磨他
一条豹斑花围巾在折磨他
(可我已抛弃了咖啡,改喝
沱茶了呀!开口清真清圆)

他头发潦草,像个祖国——
肥胖又一次激动着桌面!
文学,他松松垮垮的文学
祖国,他视为业余的祖国
可他说:文学应该因陋就简
祖国应该为此而出口——

1991年2月

## 衰老经

疲倦还疲倦得不够
人在过冬……

一所房间外面
铁路灯火暗淡。远方……

远方人呕吐掉青春
并有趣地拿着绳子

啊,我得感谢你们
我认识了时光——

但长冬并非胜过
短暂的夏日
但整整三周
我陷在集体里

1991 年 4 月

辑三 | 礼物 2004—2010

**在猿王洞**

这里的岁月很凉快。
面对群山和森林
我四十八岁的思绪
突然集中了片刻——

苍蝇一只,闲闲地飞着,
很清瘦,很干净;
孩子们朝它喂饼,
一位红衣小姐拿拍子打它。

此时我注意到了一个人,
来自攀枝花中心医院;
正午,他渴望生活,
于是他喝了酒。

2004 年夏

## 抒情

有一个抒情的青年
大学毕业时本可去北京工作
但他选择回了家乡贵阳。
原因是他十分怀念他高中时,
曾走过好几次的一条小径;
那是一条幽凉的小径,
尽头有一座五十年代的楼房——
贵阳市科学技术研究所。
他想象在那里工作的情形,
想象每天在那条小径散步,
怀着与世无争的感动,
而且这单位离父母家也很近
多么惬意,还有什么不满足呢?
结果当他真的来到这个单位时,
第一天他就觉得有什么地方不对
是这条小径变了味?
还是自己内心出了问题?
一种荒凉的安静在等着他
这一点他勉强能够接受,
但研究所门前昏沉的油污
显出一缕缕衰老的气氛,
哪来的呀!他看着真想哭。
就这样,他还是努力适应了几天

以期唤回从前那种幽凉的感觉，
但结果却是灰心，厌烦
以及无边的痛苦……

2009 年 8 月

## 决裂与扎根

我扎根于 1975 年夏天，在重庆
巴县白市驿区龙凤公社公正大队
这根扎得不深亦不浅，幻觉中
我可能是飘在那片天空的停云，
也可能是在那儿优游山林的看云人……
一年四季，农活很轻——
我挖过地、下过田、挑过担子，
可这些几乎都想不起来了
而另一些重，却让我终生铭记：
听风、闻草、登临、呼吸，醉卧夕阳
我们一群"知青"是那样年轻；
猪肉、红苕、盐巴、酒和香烟呵，
冬夜油灯下翻动的百科全书呵，
人没有苦闷，就无从决裂！
如果说美是难的，那扎根之美更难。

2009 年 8 月

## 忆重庆

读到"机构凉亭"处,我停下,
时断时续,入眠……醒来,
在烈士墓我翻到一篇《灯笼镇》
那里有你年轻时孔雀肺的样子
你唯一的一次生气的样子。

夏天,周而复始,常绿常新
正午的水面,金子波动……
"人或为鱼鳖"……前方有
我童年就一直牵挂的建筑工地。

一个小圆桌呈现了这户人家
那暗黄桌面,那1966年的洋气
夹杂着重庆上清寺邮局的气味……
劳动人民文化宫兽笼的气味……
语文书和小册子的气味……

春潮,山间教室的日光灯……
黄昏窗正分得那数学老师
呢喃的侧影;突然我感觉我起身
迎向老师,一下子长大成人。

2010年7月1日

**重庆十五中学的回忆**

四十年前一个八月末的雨天正午
一位山中邮局职员刚喝到脸红
我惊讶于（并羡慕）这无事人。
学得真快，你在十五中开口了：
无处不是诗呀，当黑树的影子
乘着中学路灯下的微风回旋……

依旧是四十年前一个深秋夜
那小眼睛发亮的历史老师写下
一句让我彻底绝望的哲理——
"诗歌当然是最低级的知识，
它仅仅靠一些臆想来表现。"
唉，这全人类最痛苦的初中！

如今，这些人的骨灰早已星散
唯有操场旁青翠的厕所还在——
那古老尿槽里许多桉树叶的气味
仍是那么幽凉、肃静、好闻……

那为什么笑不能是一件好事？
看，今天你就大笑着说：
山中无事人，压倒一切的人
十五中的夜风，压倒一切的风……

2010年7月18日

## 嘉陵江畔

不要怕,这只是一面镜子
面对遥远的往昔——

那天,滚烫的梯坎望不到尽头
你锻炼、奔跑……
在江边,正午,或黄昏
无眠不休的喜悦呀!
你总闻到一股怒气冲冲的味道
磅礴不绝,又难以形容

有人从巨石边飞跃入水
有人于江中追逐着驳船

而我却在那里
见到了一位淹死的青年
他面部苍白、肿胀
身上没有毛
看上去让人感到羞耻
如一具女人的尸体

从此,我失去了性别
从此,我看每个人都像死人

2010 年 7 月 25 日

## 高山与流水

> 古有庾信《枯树赋》:"昔年种柳,依依汉南;今看摇落,凄怆江潭;树犹如此,人何以堪!"今有丰子恺画作题识:"草草杯盘供语笑,昏昏灯火话平生。"
>
> ——题记

年轻时他喜欢在清晨窗前朗读斯巴达克斯
晚间他乐意当众背诵阿尔巴尼亚电影台词。
现在他已到退休年龄了(还剩最后一周)
一生的工作即将在重庆邮局分件科结束。

接下来理所当然,他开始了长时间的怀旧
其中知青岁月的故事最令他萦绕、难忘……
每每忆起,他都会激动不已,见人便说:
真是美呀!我天天有使不完的力气!

唉,唯一的欠缺就是日出而作后的寂寞
当天将息了,可交谈呢?交谈需要天赋,
这至乐只能偶逢,但我有一个这样的朋友,
只可惜他住得太远,远在天边外的合川。

那一年春节,他决定去见那交谈者;从当日
上午出发直到深夜,黑暗是如此令人战栗,
恐惧中他胸怀青春的兴奋飞快地朝前走呀,

快了,一百里不算什么。他默念着这口诀。

如今每当酒后,他就反复谈起那次远行——
拂晓时分,乡村生活仿佛头一次向他打开:
竹林溪流、泥巴房子和炊烟,似从未遇见?
而我终于抵达!我终于走过了人生多少艰难……

2010年8月5日

## 忆故人

很久很久以前，一到冬天
雾气就会沾湿你的厚衣服
你轻盈的身体也由此变重

常常你独自在想些什么呢
我在想我曾有过人的诗才
同时还有一口秀美的牙齿

春天注意关灯，节约用电
这八字诗法已被我们盯上
在钢校，我们让写诗发生

多年后抒情终于有了下场
散步者沉思多于喜悦如你
忧伤者动辄爱走长路如我

2010 年 8 月 6 日

## 在破山寺禅院

> 夫天地者，万物之逆旅也；光阴者，百代之过客也。而浮生若梦，为欢几何？
>
> ——李白《春夜宴从弟桃花园序》

"我们是否真的生活过？"
他在破山寺禅院内独步、想着……
一阵凉风吹来，这轻于晨光下的风
令他不寒而栗，他默念出一句长调
寿命尚如风前之灯烛，匆匆春已归去
听杜鹃声过，鱼儿落泪，我的俊友
你已向那西天的白鹤借来了羽毛……

你黎明即起的身姿真温暖如画呀
早酒后，你的醉态亦是忘忧的——
昨夜那盏灯太亮了，照得人生涩
昨夜还有个不祥的女人在山石旁望月
而屋角嫩寒的米缸上铺有一张白纸
不知谁刚好写来了白居易的诗句
"琴诗酒友皆抛我，雪月花时最忆君。"

令人思睡……院内诵经声相合起
流水声，交响入耳……；恍惚间
你看见一个僧人走过水中的石桥

没入杂树的浓荫。真从容高贵呢
你不禁轻叹,后面的人该怎样看我?
接着,你又想起紫式部的一句话
"大凡相貌好的人偶尔会展现最高的美。"

"我们是否真的生活过?"
他在破山寺禅院内独步、想着……
佛陀兴起于汉人高度的敏感性?
禅的独创性则使我们终于不同;你看
我们才宜于白药、藿香正气水、万金油。
那还有什么不能让人心安且放下呢?
我决定按我的心意度过这无常的浮生。

2010 年 8 月 16 日

## 礼物
——赠少年时代的杨典及其家人

> 《礼物》(按：也译成《天赋》)是我俄语小说中最长、最好、最怀旧的一部。……这本小说只有背景可以说是包含着某些传记笔触。还有一件让我高兴的东西：也许我最喜欢的一首俄语诗——是我给书中主人公的那首。……我解释一下吧：这涉及书中两个人，一个男孩，一个女孩，他们站在桥上，夕阳映在水中，燕子低飞过桥头；男孩转身对女孩说："告诉我，你会永远记住那只燕子吗？——不是随便什么燕子，不是那儿的那些燕子，而是迅速飞过的那只燕子？"女孩说："当然我会永远记住。"
>
> ——纳博科夫《固执己见》

大雨中，她打开印刷厂的铁门
冲进社会主义排版室，查对
契诃夫选集中的一句原文。或许，
"锈渍斑斑的窗外飞着燕子。"

字已用完，在这个春日晚间，
你想到另一个故事的一些关键词：
饥饿、方便面、成长以及为难；
他最终被一个势利的诗人拒绝。

热汤！她家的，我们短暂的欢乐，

有个人哭了,他想过神的生活?
在明亮的灯光和小玻璃桌前
(她是那样喜欢明亮和玻璃)

他俩仿佛在沉思,雨中的春日……
他俩并不知道时间已接近尾声——
"处女星已经回来。"现在已到了
她为我们说出谶语的时刻了。

2010 年 10 月 5 日

## 对话:小团圆

### 一

邵之雍说"你脸上有神的光。"
善于低头的九莉说"我皮肤油。"
他又说"你眉毛很高。"
她心想"你的眼睛倒是非常亮。"

和平运动里张恨水的书好看吗?
那就让我们在昏昏灯火中重逢。
记忆中断"乳房太尖,像假的"
好色死去,好色的美活着。

### 二

完美者是那下班回家的人吗
革命者却一再地从室内走出去……
前面是商场、火车站、码头……
那永不停止的都市和人的潮汐

流连风景的人为认识爱的风景
来到一株不知名的古老大树下
他要学 1914 年夏天的里尔克
仰望天空,卧在花丛里……

2010 年 10 月 16 日

# 知青岁月

三十六年前,
我曾游荡在巴县龙凤公社的山间
森林正午或黄昏,明朗湿润,闻起来
有股图宾根森林里德国男人飞跑过去的味道;
我真是那样年轻,十八岁,
正追逐着一名画中的农民女儿;
看,她刚装满一筐柴草。
"倒掉!"
突然,看林的瘸腿人怒吼着临空逼近

森林转阴,
面前那幽暗的美人半张着嘴
孤单的森林空气在呼出
那最后天真的残枝的痛苦……
那不是人的痛苦?
那恰是我昨夜油灯燃尽的痛苦
——在 1950 年代出版的一部百科全书
第九十八页末段,我听到萨特笔下的
自学者叹了一口气"多么漫长!"

——"倒掉!"
灰色的天空如某种古代的威风倒扣过来
年轻的山巅、姑娘、看林人……

以及不远处老了的白市驿飞机场
我也正在沙沙地跑过,
迎向秋收后的黄金之风
风中空空的肩膀,弯腰的泪水……

后来人入庙出庙,参拜送钱,
后来真来了个金蔷薇式的坏诗人?
不,他是个老知青诗人!
想象有必要吗(一代又一代)
每一个人的青年时期
都有值得观察和记住的东西——
活着是桩大事,还是个壮举?

2010 年 12 月 11 日

## 你和我
——再给张枣

那时你总说冷。但在川东狭窄的空气里，
你享受了寂静并呼吸顺畅。冬日的歌乐山
道路清爽，树在滴水，你从午休后起床
听到了窗前触手可及的树叶密集的心跳。
戴上围巾，出去走走，我喜欢多风的山巅。

你从不想成为别人，但偏偏被一个人的生活
累倒了。美还在，虽然无用；写的速度也在，
即便没超过命运的速度；笑声依旧出自你
青年时代乌云般的浓发。那一天，真实金发
注定要生辉。不是吗？达玛，幽暗灰尘中，
连清瘦的苍蝇也吹起了欢快的单簧管低音。
啊，德意志！请听我们的声音那样丰腴甜蜜。
此刻是重庆幻觉！是莱茵河未来的曲线！

后来，灿若星辰的圆宝盒从天而降，挂到
你我的耳边，搭桥？荡起一个万金油前程；
后来，社会主义手风琴的鼻腔元音死了，
供销社、赤脚医生、中分头发型也消失了。
看那个大连人正摇晃着"旁观者"肩膀
穿过牛油银行，走进皮革办公室；祖国迎春——
日本烧烤与笔记本电脑集中刺激了那个人，
请过目这摄影器材清单，并请深夜来谈心……

另一天深夜你对我说起你的初中岁月：那是
一个九月的黄昏，我独自来到一所山间中学；
校园空旷无人报到，几只燕子在凉荫下穿行；
接着天色转黑，我尴尬地睡在稻草铺就的床上。
醒来无人打扰；饥饿在胃里，可什么在黎明里？

2010 年 12 月 14 日

# 一只小猪

> 我听到猪的声音。它在悲鸣。
> ——赫塔·米勒

动物全都是小的好,绝无例外。
前天,我们买回一只漂亮小猪;
刚失去母亲的它,这嗅嗅那跑跑
总有一股不安宁的欢快劲呢。

我们拿好东西喂它,加一点盐
——这可是它的最爱,真的,
一点点盐,就会让它兴奋不已;
拱食,既热情又快捷。两天后,

杀猪人来了;为烤乳猪?为朔蓂?
当他刚一把揪住小猪的大耳朵
人们也繁忙开来。一人抓小尾巴
二人前后按住它玩具般的四蹄。

尖叫停止了。刀已插入脖子!
又一人利索地拿一面盆来接血
其中盛了凉水和那一点点盐。
但我们不在杀场,在厨房里哭。

2010 年 12 月 21 日

# 人生问答

弟弟,我的油脸有重庆北碚的景色,
你知道吗?可曾几何时,那童年的
皮肤在四十年华的春日有了一种痒
很乖张、很虐待、很令人心焦泼烦……

时间过得真快呀,死的人恒河沙数……
生活的头绪在哪里?迷信团团乱转——
而夏天,我们热爱,冬天我们嫉妒。
而客气,我们常常是为了回到生气。

为什么偏偏又是我不喜欢的星期天?
年轻时,他在细雨中呼喊,后来他
累了,摇身一变为党的晚年的干部。
他甚至创造了不可知论。知道吗,弟弟

生命的时钟在人出生时就上好了发条,
我们其实无须太多的词语来表达自己。

2010 年 12 月 31 日

**辑四 | 生活，真好 2011—2013**

## 风在说

一

风儿,已躺下,
黑暗里风之絮语比风本身还沉

她在瘦下去,三天,
脸就有了一抹放久了的梨子味
怀旧的锈色从哪里吹来?
——重庆卫生学校

我的高中同学王晓川在想
她的低语看上去像缎被上的金鱼
冰凉欲滴……

剪刀,手术刀……
老师,老师,我的老师
我还想记住你临死前的平静……
你"睡觉的愿望就像一场追寻"
你越逼近死亡,越爱闻香。

二

睡下的风,

继续讲另一个知青的故事:

三十五年过去了,
那卧病多年的父亲早已死去;
在乡间理所当然的竹林中,
那丧父的儿子也垂垂老矣,
我从此痛失我神仙般的知青岁月

——深冬,绝对的午后
腊猪头在灶膛里已煨了一昼夜
那虚胖的儿子请我去吃

是的,我记得:
这一天,远景比你的眼睛还要小
这一天,你的请吃声来自宋朝

三

风从深夜起身,开始哈气,
第三个故事,情不自禁地说出:

早年,六十一岁的花花公子何来悲伤,
脸上总溢满社会主义右派的笑容;
骑着妖娆的自行车,他常常
一溜烟就登上南京卫岗的陡坡

如今他已痴呆,整天裹一件睡衣,

赤裸着下体在室内晃荡……
他浪漫的妻子受不了他的臭味
以及他外表的苍老和内心的幼稚

终于，他最后的时刻到了，
睁眼睡入军区医院的病床；
戴上呼吸机，开始分秒必争的长跑
整整三周，他似一个初学呼吸的人类

不停地跑呀不能停下，停下就是死亡。
很快，岁月在他那曾经灿烂的屄上枯谢了
很快，岁月走过的地方都轻轻撒一点
他独有的尿味、皮肤味、香水味……

2011 年 1 月 27 日

## 两个最美的亚洲少年

如果你说
"美是一种人们看着它
而不向它伸手的水果。"

我就说
美是越南阴天的绿树，
黄色的墙，矮矮的瓦屋。

在会安，
生活从这天清晨开始了
看：它的样子已在集中
——两位少年正骑车过桥……
那样子？那样子！那样子呀！

让我百年后，
也会想起你说的话：
"美是一种人们看着它
而不退却的不幸。"

2011 年 2 月 23 日

## 河南惨

为什么逃难人非得来自河南？
这个大人的偏见，
我自幼难以启齿；

长大后，每当人相问那逃难人，
"河南的。"
我不动脑筋地脱口说出。

为什么，为什么，
旱灾、土匪灾、蝗虫灾，
灾灾都在河南？

为什么，为什么
我念起了"三吏"又"三别"，
声声都在河南？

2011 年 5 月 10 日

## 乡愁

孤独声我知道,但不好意思说出。
在重庆岁月的清辉下,他留着胡须
他黑色的胡须还没有变白

感觉即呼吸,永恒恰之于一秒
之于北碚早春阴天的一个上午
之于西南师院夜色下那道斜坡吐露!

无聊的着急是忍耐着的恐惧吗?
这冷啊,冷如幼年的故乡"那人
腼腆,那人无知,竟然敢于直面死亡。"

漂泊中,漂泊中,无儿女……
活着就是麻烦(怕什么麻烦呢)
"我们日出,我们恋爱。"

如同人诞生,不是人的错
如同夏天要热,不是夏天的错
如同不同的物,有不同的乡愁……
书柜有味,食堂有味,无人问津的
灯光下,我注视着那件荷兰皮衣
它在等待买主,它会比买主活得更久。

2011 年 5 月 21 日

# 格言

年复一年,孤独——嘶嘶的撒尿声
但突然之中有一股脱缰的青春——
(黎明返老还童,怎么可能厚道)

狂喜!
风、马、牛
"牛叫好听,马叫也好听,马叫像风。"
这是张爱玲说的吗?也可以是王尔德。

"那高强度的绝望训练"我也有过。
哪一拳更致命?
可惜如今我只热爱年轻的偶像。
(爱国使我自卑,诗意又令我害羞)

知道吗?专注即天分,格言要牢记:
人生观应尽可能地袖珍,这便于随身携带
而且你命数已定,早已四海为家。

2011 年 5 月 24 日

## 生命

生命如此短暂但神还是创造了这副面孔
"老年,一件比死亡更可怕的东西。"
是的,越到老年,就越少了偶然性
孩子们也越恨你,更不要说女人了。

空气依然公正。美早已失去了恐惧。
记住:只要你不怕,就没有什么可怕。
生活,各种各样的袋子,无穷的烧不尽的
从这一袋到那一袋……从这个人到那个人……

每一刻都是真实的。但也不要完全信它,
除非你忘了在这世界上"在我的药柜里,
冬天的苍蝇死于年老体衰。"注意人!
六十三岁或八十一岁,时间将翻转——

在成都,我这十四行诗,一行也不能少。
在南京,三十岁的她,一岁也不能少。

2011 年 6 月 16 日

**再忆重庆**

如回到重庆,就回到我们的青年时代
那只有我们才经历过的青春——
黑发欲飞,你已上路,何来急?
快!前面是早春北碚阴天的谈话节。

(其中有个人得罪我了,终生地,但
他无知,他天生乖戾,我判他丰都鬼;
还有个人被我终生热爱,他也无知,
作为礼物,他将被送出去很远……)

风景,曾何其准时(1983-1986)
歌乐山顶的黄葛树在八月总痛得乱抖
而诗已注定成为我们彼此的迷信
——一个个小星球,闪烁不停……

岁月流逝,知道吗,到了秋天就会好的
不,不,不,不是钢琴!
是俄罗斯式的令人害羞的友情
——那胸部向左倾倒的小提琴。

2011年6月24日

## 异乡记:问答张爱玲
——赠李商雨

忆昔年我曾在永嘉县党部住过一宿
那房子静静地浸在晕晕的夕光里,
柜台上的物资真堆积如山呢:
木耳、粉丝、笋干、年糕……

一切都是慢的,兰成!连政府
到此,亦只能悄悄做一份人家。
不是吗?你早已预见了——
马滑霜浓。剩下的仅让我来说:

"未晚先投宿,她从楼窗口看见
石库门天井里一角斜阳,一个
豆腐担子挑进来。里面出来一个
年轻的职员,穿长袍,手里
拿着个小秤,揭开抹布,称起
豆腐来,一副当家过日子的样子。"

我到底害怕什么呢?怕火车站?
怕油腻的抹布?油腻的桌面?
怕油腻的饭碗泡上来的黑茶?
怕他那张永远油腻的黄脸?

随后是凄清的寒夜,簇新的棉被;

是头戴小钢盔且不知疲倦的破晓。
没有沉沦。哦,对了:在漆园,
我们偶寄一微官,婆娑数株树。

           2011年8月21日

## 无碍

他打开一本书,读了起来:
"人们到外边,欣赏高山、大海
汹涌的河流和广阔的重洋,
以及日月星辰的运行,
这时他们会忘掉了自己。"
……

老年,他的声音从风景中逸出
没有醉酒、积食和失眠;
自尊心(甚至胜过青年时代)
再度成为一切行为的动机——

看,不远处,一幅清凉的浓荫下,
夏日的晚餐正刚刚开始进行……
"这种谈话,女人听了不会感到羞耻,
男人也不像喝醉了酒以后讲的。"

2011年8月31日

## 路易十六之死

> 1793年1月21日,在巴黎,路易十六的头颅滚入装着糠的筐里。
> ——题记

人总在寻找与自己命运相同的人。
路易十六临死前,亦不例外;在
书中(大量的),尤其在休谟写的
英国史里,他读到许多被废黜国王
的事迹。其中还真有一个被处死了。

剩下的日子已屈指可数,一天,他
对他的律师说:"我本着良心向你
发誓,我以一个要死的人向你发誓,
我一贯想的是人民的幸福,我从来
没有起过与人民为敌的念头。"接着

他仅提了一个要求(处死前),"再
宽限三天,我想自由地和妻子儿女
待在一起。"但与家人见了一面后,
路易冷静下来,他在监室里不停地
踱着椎心的方步:"我决定不见他们了。"

受刑前夜,他居然睡得很稳,直到
清晨五点,被仆人(遵他嘱咐)唤醒。

吃完临终圣餐后，他把一枚指环、一块图章、几根头发交给仆人并以镇静的口气对来者说："我们走吧。"鼓声

早已在远方低沉地响起，兼杂隆隆的炮声和嗡嗡的人声，路易登上了革命广场的断头台，突然，他转向左边，滔滔说道："我是无罪而死的，我宽恕我的仇人；你们，不幸的百姓们……"

鼓声更加猛烈地敲击，盖过了他的声音。三个行刑手有力地架起他。十点十分，他三十九岁的生命结束了。"一个最善良又最软弱的国王，经过了十六年半一心谋求幸福的统治之后"被他的祖国斩首。

2011年9月19日

**查理一世之死**

旧历1648年1月30日,新历1649年2月9日,
这一天,英国国王查理一世被处死。行刑前有
几个细节特别令我难忘,随手整理如下:国王
在黑布遮盖的断头台边作最后的短暂讲话。
这时,有人用手触摸斩头的斧子,他匆匆说:
"不要弄坏这把斧子,若是弄坏了,会使我多
受痛苦。"当他快讲完时,有人走近斧子,他
颤抖着说:"小心那把斧子,小心那把斧子!"
接着一片寂静。他又戴上一顶小绸帽,对戴上
面具的刽子手说:"我的头发碍事吗?"刽子手
鞠躬道:"请陛下把头发塞在小帽里。"他观看
那杀头的砧板,说:"把砧板放牢了。"刽子手
答:"先生,放牢了。"他站在那里默想了一会
喃喃自语,举眼向天,跪下,把头放在砧板上。
刽子手摸他的头发,再往他的小帽里塞进一些。
国王以为他就要砍下来,说:"你等我的信号
再下手。"刽子手答:"无论陛下几时给我信号,
随陛下尊意,我愿等着。"不到一分钟,国王
伸出两手,刽子手一斧下去就将国王的头砍掉。
后来,当克伦威尔细察尸体并举起国王的首级时,
他说:这是一个很结实的身躯,原有长命希望的。

2011年9月20日

**好快,1978年的恋爱**
——为王晓川和尹红而作


此时瑞典在吃早饭,
五十五岁的他
在深圳一家电脑公司
突然想到他的过去……

我二十二岁,
正追逐着一位幼儿园女教师。
后来……好快——
重庆还远吗?
斯德哥尔摩更远……

但长信多么宜于春夜,
1978年……
我成长于革命干部的家庭
(我的父母都来自陕西);
我的哥哥、姐姐、妹妹,
唉,还有那位卫校的女老师……

你听着,好惊奇
整个身子都倾倒于我的倾诉……
读我的诗……你显出幸福,
你高兴得为我跳舞。

我真有军人的仪表?
(你觉得呢,尹红……)
但有个老师叫殷敬汤,
他说我是天生的外交官……

好快,异国之沈迈克
从上海复旦大学来了……
好快,我打往瑞典使馆的电话,
让你泪流似海……

2011年12月19日

## 契诃夫的童年

我的童年是从冬天冷得发抖的黄昏开始的
当然也包括夏日的寂寥和成千上万的苍蝇
以及爸爸打过来的拳头、耳光与皮鞭……
"我小时候没有童年生活……"（契诃夫）
除了学校，就在爸爸开的杂货铺里干活。
铺子里的东西真是应有尽有啊（气味乱串，
糖有煤油味、咖啡有青鱼味、米有蜡烛味）
鞋油、草鞋、鲱鱼；雪茄、笤帚、火柴
甜饼、果冻、茶叶；面粉、樟脑、香烟
橄榄油、葡萄干、捕鼠器……还没完：
通心粉、伏特加、喀山肥皂；对了，还有药
譬如治热病的"七兄弟血"（就着白酒喝）
"那么'巢房'呢？"（契诃夫对这种水银、
石油和硝酸合在一起的"毒"药很迷惑）
"等你长大了，你自然会知道……"（爸爸）
"喜鹊草"名字无杀气，也治热病（拌酒喝）
但"阿里亚克林斯基膏药"呢？却少人问津。
一次，一个警官不付钱就拿走一盒，说要治
他猎狗的疥疮。一周后，在沸腾的集市上
我目睹了两句对话。爸爸以讨好的声调问：
"您的那条狗怎么样？贴了膏药好了吗？"
"死了，"警官阴沉地说"它肚子里长了蛆……"

2011年12月24日

**嘉靖皇帝的一生**

那"不死药"就是春药（铅丹和砒霜做成的小丸子），
我吃它已有三十多年了。最近怒火烧胸，皮肤烦痒；
生死问题还没解决，我能否变成一个不死的人呢？

1524年，我十七岁，曾记否，有一天黄昏星刚出现，
我仰望天空，产生了一种恐惧——我将死去。
我该做些什么呢？献身于道。绝不是逻各斯！

1540，我决定隐修，追求永生、精研告别的学问。
1545，为斩尽人气，国务和外交全由扶乩来应答。
1552，八百名少女（八至十四岁）围绕着我；第二年

命运的精密度又引来了一百八十个（十岁以下）少女。
陶道士说，在幽室用这银碗吃饭并与十四岁处女
（初潮刚过）性交，那阴中之阳当被你完美吸收。

1556，我开始渴望灵芝——使人成仙的植物。远方。
1558，礼部采药去，在江山云深处寻得了1860株。
1560，我失眠了（一种中毒症状？），我彻夜工作。

1564，激动和抑郁交替，脑筋在坏死。床上有桃子，
那是神仙递来的；天边外，总有令人遥想的东西……
1566，我想回去、回去、回去！回到我的出生地

——湖北钟祥县,我最后的生命力在那里。初春:人们看到我哭了又笑了,人们也注定要看到我的死。1567年1月23日正午,我终于告别了我十七岁的恐惧。

2012年3月2日

## 乡里,井边

一

水生秀气
山吹白银
无风哪来浪
温州瑞安乡

下午
人在吃奶
猪圈安静……
今日何日兮?

二

苗条在井边
漆黑的杏子树在井边
南国夏夜的星星
几粒,在井边杯中

他说嘴上有杜甫
诗无星期天!
万源来的少年懂
万卷书的星期天?

2012 年 3 月 13 日

## 老妇吟

天人露出了五种衰相,
文之悦,依肿胀来阅读。
海上晨昏,八方风动——
人有一个必死的未来。

胡说庵堂午后药栏静。
我说小乘繁细若数学。
你来了,春水浸岩石;
我去后,度厄又度曲。

这世上真有老妇六十,
声音美如白象?有时
真有老妇突然来敲门,
只为了讨要一点白糖。

炖肉汤的老妇好吓人!
她真是市川猿之助吗?
在江南唯老妇美胜月儿,
长寿里她有灭亡的忧愁。

2012年3月29日

## 为你消得万古愁

我还是那个 1966 年夏天
正午烈日下跑步的少年吗?
"生活中失去的生命在哪里"?
嘉陵江上,你也来听听!

那泸州人写悬棺人头诗。
那北大人写一生丛书诗。
写冬日冰钢诗的人是谁?
香港人专写蔬菜政治诗?

想想发烧前发抖的诗吧
"太太留客"留给合川人
"杜郎俊赏"留给鄱阳人
老鼠奔腾的诗呀!归你写。

夏天,他兴奋于行了割礼——
(真快,去成为一个赌徒)
二十年远走高飞的是我——
二十年爱上双飞的也是我

注意一楼的西班牙很女性化!
注意慈善这个词是希腊词
但那荷兰人在漂泊或飞行
但那吃,为你消得万古愁……

2012 年 4 月 4 日

**宣城,1974**

> 中间小谢又清发。
> ——李白《宣州谢朓楼饯别校书叔云》
> 贞元年中,宣州忽大雷雨,一物堕地,猪首……
> ——段成式《酉阳杂俎·前集卷之八》
> 如果不了解性,又靠什么来了解一个国家的人民呢?
> ——罗兰·巴特

是在宣城吗?小谢的宣城——
"结构何迢递,旷望极高深"
的宣城,一声枪响!一道命令——
他的掌心长出了白杨——

初恋?信口雌黄是新诗?
团结、紧张、严肃、活泼
民兵们锻炼的砖头在哪里呀?!

1974年夏天,8月15日
暴雨后的宣城,谷神不死!
盛夏磅礴的凉风吹来又吹去……

紧靠备战备荒粮仓
在一所猪栏的平台上
在一轮壮丽的日落面前
他脱下了她的裤子。

2012年4月8日

## 忆重庆山洞

无事可做,旧地重游
在我醉酒后的一个黎明
我忘了黎明醒酒人是个生手

古老而干净的小邮局还在
知青女神迎面撞了上来
怎么可能忘了公正大队的冬天
三十年前我们的盐泡饭

牙刷!芝加哥屠宰场的
黑幕,有什么好写!夏末
我下岗来到山洞写回忆书

是痛还是恨?那是爱呀
《复活》在教室里传来传去——
一脸饿相,十五岁的我
狼吞了初中的敖德萨

2012 年 4 月 25 日

# 人生

那是1956年，我正处于我的青春盛景
我爱上了长跑、早晚冲凉、喝白开水；
很怪，我一眼就喜欢上了穆丽尔·斯帕克
我甚至渴望读到她写的每一本书。

有一次，当我读到"总是在日落之后，
那只蜘蛛才出来，并等待金星。"
埃利亚斯·卡内蒂我惊呆了！世界呀，
穆丽尔之外，竟还有另外一个高人。

从此，我复归平静的生活，并无什么
所谓晚期风格，直到2012年5月
一个偶然的黎明，我被又一行诗喊醒：
"年轻时的快乐，总宜于被记住。"

2012年5月15日

## 少年废话诗

一

心再灵敏,吾生亦有涯
当我醒来会感到有丝风
来自我十岁热天的下午——
嘉陵江鲢鱼在盯着什么?
投水者自由落体,扎入
活水源头。黄昏,请闻
江边有精液的气味;正午
请看江上空空,人空空。

二

紫风吗?想得美,罡风……
风挣脱链子,你双耳遭
风割,你钻进疯了橱柜。
他天生残酷,才爱流泪,
他发怒吐掉体内的集体。
日子就这么一天天过呗……
谁说的?安徒生。偏偏
那手风琴手又怪吼起来。

2012 年 5 月

# 胖

是豆腐让他胖了?不。
是夏日的丝瓜、苦瓜、冬瓜……
在去买菜的路上,他笑着说:
连迷途的风也长胖了。

当我站住,多么静,
我看见飞鹤留下的青影,胖胖的;
可我的心,我的心,我的心呀!
它没有胖。

雨睡去。安拉。好胖!
"伊斯坦布尔是火的圆顶"
朝向麦加,已经够了
"我的名字叫红",红即胖……

2012年5月

## 在花园里

生活晴朗的一天。生活,一只橘子。
快一点:艺术男邮差,重庆有哲学生活。
迎上去!不要叹息,只需注视——

好了,结束了,晨星划过了天涯……
我们父亲的目光随着屋顶追去了麓山
他的思绪停在了十五岁登临的往昔……

有人给我算过命,那是个神秘的人
他说我活不过三十岁,但去台湾会转运。
傅显舟看过我的掌纹,说我命相绵长。

有一本书又是怎么说的呢,你看看:
"远处夜晚的灯火十分迷人,
他想到自己将不久于人世,
想到他死后孩子们的生活,"
以及遥远的孩子们的孩子们的生活……

2012 年 5 月

## 在坟边

在坟边,常常,不,每天,我逢着
一些永恒不变的灌木和铁椅。

燕子带来夏日,蚊子带来夏日。
天气无论阴晴,新坟(不仅在语言上)
看上去都是新的,石碑、字、烟……
甚至那株老苹果树看上去也是新的。
十年前我说过的那句话还是新的吗?
——毛多人深情,毛少人残酷。

雨后下午墓园明亮,显得新鲜极了
还有什么在到来,鱼嘴开口的寂静——
手。手。当蚂蚁之手搬动一粒米——
世界就失去了平衡。他上坟后去厕所
解了一个手,难道也会失去平衡?
还好,栗山松树下适合周瑟瑟写诗。

在坟边,常常,不,每天,我逢着
一些永恒不变的灌木和铁椅。

2012年6月10日

## 回忆（二）

一

森林展开了，
1909、1987、1989……

在蓝得不像真的天空下，
在岷江，在黑水河谷；
在白云山下，
在明故宫前，
在紫色的春夜！

我的一生有多少次呼吸？

二

索桥像秋千高悬，摇晃……
（那里的人们高华而长寿
并不都是慢吞吞的）

她的高傲是为了救一个人吗？
我爱情的魔法师——

她的眼泪是为了突然爱上……

# 三

多年后
"我将忆起你,锡兰,
忆起你的叶,你的果……"

我将忆起你,南京,
忆起你的唇,你的大学的云南。

2012 年 7 月 7 日

## 柏林,1927 年的事

一

说到柏林,我会想到矿冶学院
想到浓荫下的马路,跑步的人……
以及认为时间就是金钱之列宁。

1927 年,我小心地在冰上走,
潘考的冻苹果裹在羊毛毯里;
我不是 5 点走的,是下午 4 点;

"想想我在冷天漫步耗去的气力!"
想想"德国,写作唯一的要求
是结论。"我说你就干脆忘了吧

《单向街》中有关皱纹那一节。
尽管她的生活真不该如此艰难!
尽管我的白发在这里带着静电。

二

说到柏林"党的信条之一是将
爱和性生活微量化。"1927 年,
瓦尔特·本雅明早就说过了。

何时我们才会习惯晚餐时不再
喝酒了呢?减少了柏林夜饮
他耳朵里反倒长出了一撮金毛。

老了,到了秋天,我们将讨论
普列汉诺夫的艺术论;到了空旷的
医院,每一个下午都最难熬。

而年轻的神还在预言吗,1927?
他只想边学哲学边写诗,直到
柏林超前研究中心诞生于未来——

2012 年 7 月 12 日

## 若风的人尽醉归

一

有何便宜可捡,葡萄架下秋千空了

风,塔科夫斯基式的,拜伦式的……
电影里,总有这儿一股,那儿一股……

在南朝,但绝不会在日本和朝鲜
人尚轻凉若风;人不爱体制若风。

二

淘米溲溲,蒸饭浮浮,煎肉熏熏
我家有咸菜一瓮,过冬,过冬……

昨天,你用箭去射母猪,射小猪
我能送你什么呢,除了一把花椒

瘦羊头重,瘦马毛长;美人硕大,
有双下巴;你不管不顾,不醉不归。

2012 年 7 月 21 日

## 张枣在图宾根

幻觉。梨边风紧雪难晴吗?幻觉:
"家住江南,又过了,清明寒食。"
这可不是幻觉,点火樱桃一枚——
韩国小商贩准时送来了辣椒泡菜。

街上无人,正午的火车站无人。
内卡河边的林荫大道更是无人。
前方的国际讲师公寓楼也会无人?
无人,俄罗斯手风琴在秋风里唱。
无人,汽车站有个老人在醉中演讲。

今晚,保罗·霍夫曼教授会来吗?
在荷尔德林的耳畔,我将朗读夏天:
住在德国生活是枯燥的,尤其到了
冬末,我和自己交谈,和自己散步;
岂止幻觉?推开窗尽是森林的图宾根。

2012年8月3日

## 在南京

> 比起我们走过的地方,我们的生命显得那么短暂,仿佛我们不曾来过。
> ——赫塔·米勒《物件,皮肤尽头的地方》

冬天我的皮肤发痒,得有个去处
还好,有一个澡堂在总统府附近
有瓶山楂酒在床头,无线电在哪里
当然在后宰门,离我的学校更近

常常人凭享乐就可沉入日常痛感
而感受是闲人们爱玩的自恋游戏……
常常喝为了忘我?喝,然后睡去——
生活不在别处,在一间小屋子里

有几封信寄自西德的特里尔,张枣
让我们来听那乒乓,一声、两声……
很快,他又变成了游泳的热爱者
可一个真正的诗人是很难有变化的

南京,我们从不在历史里谈论吗?
或许我们只是不愿意在课本里谈论。
南京,我们没有两双陌生的拖鞋,
但人人总会有一把熟悉的牙刷。

2012年8月13日

## 致朝鲜女郎
——旅欧见闻录之一

是谁在芬兰的天空下浪游
并沉默地忆起了朝鲜的夏天?
1992年,我每天都在露台上期待
平壤,那变化莫测的东方朝霞……
那电报,那传真,那安全证书
那热情单纯的脚印将带来危险。

后来,在俄罗斯漆黑的乡村
在横笛和竖琴间流过的立陶宛
在重雾沉沉袭来的德国北方……
我总是必然地要遇见你
甚至在瑞典的卡尔斯塔德森林
也有你的泡菜、冷面和弯腰

再见了,一次邂逅,朝鲜女郎
我们下午的见面只有八分钟
但谁又会真正注意到这个神秘——
如果我们都同时年轻十五年
你越是向西,你就越是鼻腻鹅脂
而我越是痛苦,我的诗就越精致

2012年9月12日

## 卞之琳逸事

> 上帝无偿地赠给我们第一句,而我们必须自己来写第二句,这第二句须与首句词尾同韵,而且无愧于它那神赐的"兄长"。为使第二句能同上帝的馈赠相媲美,就是用上全部经验和才能也不过分。(《瓦雷里全集》1,第482页)
>
> 人海里洗一个风沙澡。
>
> ——卞之琳《向水库工程献礼》

### 一

1936年5月的一天,我写出了一句诗:
"种菊人为我在春天里培养秋天。"
之后,为什么我就写不下去了呢?

是因为这年译事繁忙,从粮食到窄门?
是因为我老站在一株青春的榆树下
却不会吸烟?(如果到了1943年

一切都将改变,那时我在昆明东山
一间林场小屋,边写小说,边抽烟,
从一天三支直抽到四十支)但也很可能:

是因为生涯羞涩,感情偏颇,难得翻脸?
是因为大多数国人是地图盲,而我不是?

回到源头吧:待我老去才能渐于声律细。

二

1937,江南苦夏,我在雁荡山庙里译书
而赏心乐事呢,唯有在山涧洗澡、洗衣
1938,我突然远赴延安,为另一本新书
《慰劳信集》也为在延河里洗澡、洗衣

"解放后我时常志愿下乡,为改造思想"——
1971或1972,我一生最惬意的事在河南
"五七干校,炎夏干了相当重的农活后
泡在豫东南村圩水里洗澡、洗衣……"

多少江河啊,让我错失泡过洗过的机会
恒河、泰晤士河、密西西比河、亚马孙河?
遗憾里我想起我的朋友师陀说的一句话:
人的深情是莫测的,人的命运也是莫测的。

2012年9月30日

## 剪刀重庆

常常,剪刀摸上去是凉的
剪刀和丝绸在一起亦是凉的
剪刀和皮肤在一起呢?
还用说吗,久了,那凉将变热。

如果你用剪刀去剪水呢?
剪不断,理还乱……;夏天
火焰重庆,抽刀断水水更流
好烫呀!嘉陵江、乌江、扬子江

什么时候,我将不复回到那里
那里有我中学似的群山和森林
那里还有幽幽的黑暗和黄喉
剪刀,一种永恒的悲戚!

当你长大了,院子里就没有人了
咔嚓一声,春风里的剪刀声
绝望至幸运,或反过来也一样
何来怜惜,何来恐惧,何来离愁

2012 年 10 月 15 日

# 最后

那从我身边走过的人,不久将死去
一个两个三个,百个千个万个亿个……

悲伤吗?我们笑起来的声音可是响极了
这就是生活,无论黑人、白人、黄人……

某一天,1976,在重庆巴县龙凤公社
热腾腾的猪发出隆冬的咕噜声,最后!

某一天,1942,越南西贡拍来了电报
"通过小哥哥的死发现了永恒",最后!

2012 年 10 月 15 日

**生活,真好**

什么人的生活是奇特的呢?
仆人的生活?姚合的生活?
很可能是路易九世的生活,
他在花园橡树下断案真好。

行礼如仪的日本考古学家
他的幸福来自家庭遗传吗?
他是个小气的人,他一贯
准时细心,无迟到的家风。

可惜树死若风灭。一百年!
你吓了一跳:冬天潮湿而
温暖,这说的是乡下常熟?
说的是我老年健在的阴囊。

昨天在兴福寺你刚剪完头,
随意步入一条多余的回廊……
真好,你才从它的幽静出来
就见她在门边的树下等你

2012 年 10 月 25 日

# 南充一闪

——为所有南充人而作

> 我们陌生地度过的一天，
> 已决定在将来化为赠品。
>
> ——里尔克

川北从你的锁骨开始了依恋
接着，来自南充的圆眼睛
一闪！老了的红砖头一闪！
你走进一间1973年的盥洗室

禁忌即注释（葱花或猪肝）
在人间，有什么可惜可言？
那圆圆的、圆圆的，恰好
年轻时，我们没有相遇……

南充真的将注定闻名于街头，
靠了外语乞讨者？飞过高中——
自行车一闪（永久如飞鸽）

我的模范街，我某天的童年
总有什么东西在向天赋冲刺——
跑下去、跑下去，跑下去……

2012年11月15日

## 黄桷树下

是哪一年的一个夏天?
在那株巨大的黄桷树下,
我在想着我的未来……
我决定不再学历史学,
将来去学商科。

如今我早已过了耳顺之年,
乐天知命,像白乐天?
每当夜色黑浓,树木不见,
我就倍加想念那晴日的树荫。

一天上午,
我又来到那株大树下,
在学童们中间凝听朗诵:

"所有咆哮的河流湍急,
都出自一个小小的针眼;
未出生的事物,已消失的事物,
从针眼中依然向前赶路。"
(叶芝《一个针眼》)

那是一个无风的夏日早晨,
黄桷树也正好屏息谛听……

石匠分开热浪；孩子们醉若史诗；
花园，年复一年……

而我感到闷，我突然想：
这人间为何屠夫仗义，
文人负心？

            2012 年 11 月 17 日

## 1990,南京深冬的一个早上

水仙在南京深冬开得汹汹,
它总让我想起一个什么人?
一个超然世外的中年学者。

燕子飞来还早呢。一出门,
阳光中有股冰锋的青春朝气。
我刚闻到,她就问"我像谁?"
"你像个刚来中国的德国人。"

"那本童寯的书你读了吗?
我两周前寄给你的。"
"哦,《江南园林志》,
还没读。今后有的是时间。"

"没有一些人的沉默,
就没有另一些人的幸福……"
"可我听起来怎么却是
没有一些人的沉默,
就没有另一些人的不幸。"

2012 年 11 月 19 日

## 张枣从威茨堡来信

> 对于未来的诗人，我只是一个谜。
> ——蒲宁
> 蛛丝一缕分明在，不是闲身看不清。
> ——袁枚
> 长的是磨难，短的是人生。
> ——张爱玲

1987年4月我在威茨堡读闲书……
思考人生和哲学，怀念故国与朋友；
一个秘密，你懂！《叶芝自传》令我
整日销魂沉沦。5月1日我想到你，
莫怕，现在我就赠给你一句寓言：
你是一只青蛙，理应想青蛙的办法。

5月12日我又迎来了我美丽的正午，
（中午依然睡午觉，约一个半小时）
我在构思一首诗《楚王梦雨》。黄昏
我开始散步（这习惯如午休也来自故国）

"诗歌已多天未发生了，心急如焚。"
怎么办？我没有听众。怎么办！
我可不是幽灵，那他人则定是幽灵。
请再给我些时间吧，胜算在握的楚王。

2012年12月4日

## 上海,1943

有 1943 年的金锁记,
就有紫榆百龄小圆桌;
就有猪油烧鱼的韵味;
就有喝不尽的红茶水。

天阴阴,无言也无思;
衣服疲乏,人在过冬;
下午静得像渺茫的死;
可谁都无须捏一把汗。

看,上海,空虚好大!
你就吃很多干饭肴肉;
你就打开电台听声音;
你就不停地走来走去;
你就坐上暖和的马桶
便秘?二至三小时。

2013 年 1 月 2 日

**假儿歌**

脸,是蟹壳脸
奶,是口袋奶
鼓,是拨浪鼓
幔,是金帐幔
红,是寂寞红
春,是玉堂春
秋,是汉宫秋
鱼,是黄花鱼
味,是上海味
玲,是张爱玲

狠好,周瘦鹃
静好,胡兰成
早行,齐韵叟
晚来,华铁眉
张枣!珍稀的
里尔克书信家

2013 年 1 月 8 日

## 在人间

当黑燕飞停于电线站成了一排,
当某人在暮晚哭起来像羊在笑,
当你的大地之歌迎向晴空晨风——
另一个人就将不歇气地发问:

水中的死鱼肚皮朝天,为什么?
水中的死人肚皮朝天,为什么?
我将返老,我将日新,为什么?
头发将预卜我的生活,为什么?

醒着,读着,听着,睡意袭来
吃着,看着,走着,睡意袭来
爱着,恨着,沉着,睡意袭来
在人间,活着死着,睡意袭来

2013 年 1 月 22 日

## 山洞，1970

是重庆山洞第十五中学的早秋吗？
那来自山风传颂的第十五中学……
我童年的尾声注定了和你一起度过
还有两个学生？一个学工，一个学农……

残暑正吹起二三凉燕；8月31日，
黄昏人间有何行路难，他用小石子
砸向一个总是提前一晚来报到的老头
从此，我学会了用恨的语言写作……

操场边的白岩石，古树下的王老师！
你有几个分身？其中一个像妈妈姑娘？
物理害羞，数学饶舌，体育吃奶呀，
春潮里的学生如风，常常为了反起吹——

1970，田医生不出门，家藏红十字药箱
1970，苍白裁缝裁完一套初中生毛服
1970，云遮了小小李太白，快画下来！
山间教室的晚窗恰分得了我的读书灯……

2013年2月15日

## 胡说

我们总是离路很近,走上去,路活了
我们总是离风很近,迎上去,风来了

我们总是在空山听到声音,不可应答
我们总是在深夜听到声音,不可应答

你说梅归隐,马如龙;书是姿不是法
你说花是思的风韵;文章是永恒肉身

你说贱人习艺,而桃之夭夭只是个兴
你说衣食艰难,但周礼为世界开风景

2013 年 2 月 22 日

## 向南方呼吸……
——兼赠诗人杜力

向南方呼吸……
因为文学与诗是女性的
(她们有怨)

再向南方呼吸……
厨师则属于精致男人
(他们害羞)

马嘶山稍暖,人语店初明
那是姚合,在送杜立归蜀。

正南?不。快回头,星期天!
我们向西南方呼吸……

2013年2月23日

## 在北碚凉亭
——忆张枣

一定是来自长沙的风穿过了凉亭
在北碚,在什么水果的诗篇里
你的命运才得以如此平静?

这个幸福的下午一直要等到我
五十七岁这一天才能最终认出
是因为达玛帮你系好了鞋带
也是因为我们抽了两支香烟

世界呀,风会从綦江吹来吗?我
倒想它从合川的嘉陵江上吹来
花开花落,种花者已死去多年
可春天总还是要多出一个正午

日子以秒针计算着你告别的日子
当你用右手不停地缭绕着想念……
"一种瑞士的完美在其中到来。"

2013 年 3 月 5 日

## 花生逸事

读史迪威我想起蒋介石是花生米。
读落花生我又想起落花生的女儿。
从此,一代一代的花生让我想起
重庆,六岁的我和我年轻的父亲……

谁说过花生与儿童无关?上清寺
非人的邮局之夏,冯喆刚换上了
白衬衫走出来,他需要立刻回家
喝一杯酸梅汤。我也趁便回到我
下午的喜悦,1962年快!吃花生!

谁又会想到最后的花生并非来自
长沙,也非来自德国,来自开封!
2005年冬天,在成都紫荆电影城
一个阴雨天的下午,你将一纸袋
肥大的河南花生递到了我的手中。

2013年3月5日

## 一封来自1983年的情书
——为一对曾经的恋人而作

有个声音在南京的消磨中
为何不是在武汉或者长沙?
有个声音在重庆的消磨中
为何不是三年,只有一天!

我们的二十四小时,亲爱的
每秒都有巨变。我才二十岁
记得吗?我们翻开了一页——
命中注定!在劫难逃!

歌乐山巅延绵着多少山巅……
我莫名地爱上了神的热泪
而你说你只爱我俩的登临
1983年春,火车开往南京——

真会有一个灯泡等着,像
儿子吊在我们中间?多年后
我仍喜爱写信,但你已经
变了,你不再眺望;但有
另一个消息来自苍茫云海——
世上绝不存在两棵相同的树
哪会有两个永远相爱的人?
悲剧!我们在特里尔重逢。

2013年3月8日

## 老人与少女
——为一个苏维埃歌德而作

> 那老人在为爱忧伤,为他早已死去的十八岁忧伤。
> ——引子

黎明,金星大升空(1919年7月),
面包很焦急,农民很焦急,党员
并不急,依旧去苏维埃食堂吃早餐;
那刮净胡须的老人显出几分古风。

声音还是那声音(但眼睛变了):
"十六岁和七十岁,没啥好奇怪的,
最重要的是,这一点也绝不可笑。
它有可能引发出人类真正的激情……"

但她在抱怨:"可惜我年纪太小,
配不上您,这是我最大的不幸!"
她为她的年轻忧伤,为慷慨忧伤……
她的生活,她的死亡,她在想……

"唉,我从小懦弱,虽出身高贵。
噢,你这魔鬼造出来的——衰老!"
爱情闪电!爱情飓风!我怕什么!
我听说麻雀山都要更名为列宁山。

2013年4月12日

## 1973，公正大队的茨维塔耶娃

早晨，青春漫长，并无飞逝；生活
透过满山梨树的涟漪，爱上了我们

浪——丝绸。田——阶梯。1973，
我在璧山高喊：中午！黑森林巨著。

有必要吗，人人都向老人学习？而我
只思念我总爱躺着阅读的青年岁月。

公正的鲍里斯——"我云端的兄弟"
正屏息静听她读下去，湍急的鼻音
伴着奔腾的树木，黑人的热血：

"……可常有——满怀激情的姐妹！
可常有——兄弟的激情！
可常有风中草地交织着
唇边的深渊刮过来的
习习微风……"

2013 年 4 月 18 日

## 初夏,读《洪范》


一

那走动的人,是一个劳动的人
一个耳顺的人,一个东莞的人
悠悠岁月"可是急走过,又不要放过"

蚊子乎,猛风乎,落柿舍畔
草不渡秋,花不渡季,人不渡百岁

天气暖和了,身体露出来
什么,长沙躬耕,赵州萝卜?
什么,光是个发声就有个世界要出来?

二

星有好风,星有好雨,而鱼儿游在光阴里
殷精致,周平易,光阴里的人呢,去了哪里……

因为步兵是农业的,每晚你的童年有锡兵
还记得吗?吾儿,不远处有一个花园

谁在说,听下去,又一夜,安徒生!
2003 年,月之从星,则以风雨……

2013 年 5 月 15 日

## 登双照楼

1944年,日本细雪若春,
为何?为何梅花惊艳!
是那含羞的病人愈发谦逊,
忆起了杭州的一天?
烟雨里,你在探春
——小姑姑鬓影落春澜。

剧痛,年轻;剧痛,温柔;
在名古屋,风惜残红,雨培新绿,
又是一番江南天气……

瓷器窑变,国运乱变……
光景颠倒,人命关天!
"志士无一物,欲使天下一。"
多年后,双照楼上,他说
竹篮打水,日复一日
诗的风姿也是空的风姿

2013年5月23日

## 某人的今生与来世

酒吃惊,酒压惊,
不佞做人只有今生?
("佞"不一定奸,
但是一个漂亮相宜的人)

世间阔,知音少,
1949,我还在温州亡命
夏天难熬呀,暑夜漫长,
我写来纳凉诗:

"明月亦辛苦,瓯江有安澜。
百年岂云短,急弦不可弹。
且与邻妇话,灼灼双金环。
小院风露下,助其收罗衫。"

可能吗,3049年,
另一个崭新的夏日
晨来薄阴欲雨,
那另一个亡命人呀
他在看另一个
风露下漂亮的小院
晨风吹拂着她的耳环,
也吹拂着细绳上的罗衫

2013年6月6日

## 三国秋千

多少身体飞了起来呀,空旷一时的秋千……
一个日本女诗人幻想了自己的死亡
短痛已舞蹈完光阴的风姿花传,转世!
她从金泽银杏树的秋千上摔了下来

荡起来平壤,荡起来共和国万景台
那不变的男子天命女子从命的大钟摆……
多少身体,因千里马凭空,高飞于天
多少赤松,因风跑不停,而激情澎湃

清晨蝶恋花下早酒的记忆,还乡的跌宕……
清晨,我们该怎样去度过扬州的晚年
多少身体呀,太守!泪眼问花花不语
行乐直须年少,乱红正飞过秋千——

2013 年 6 月 13 日

## 读契诃夫《醋栗》

我税务局的弟弟现在终于可以按
他的梦想生活了,成天吃着地里的
蔬菜水果;不时赏出内心的骄傲,
摆出半桶伏特加给附近农民喝。

乡村生活真是有数不尽的舒服呀
弟弟常常说,"在阳台上坐一坐,
喝喝茶,自家的小鸭在池塘泅水,
各处一片清香,而且醋栗成熟了。"

如果庄园没有醋栗树该如何是好?
那简直无法想象!"现在我们两人
都已白发苍苍,快到死的时候了。"
谢谢庄园让我们明白了两个道理:
一具尸体烧成灰只需一个小墓穴。
一个活人又何必要拥有整个地球。

2013 年 6 月 19 日

## 褒曼

这来自北方的雅典娜
只属于北方——
属于破晓前的蓝雪
属于黑暗中的桦树
属于乌云下的波罗的海

是的,"想想在美国,
人是永远不会死的。"
是的,"机遇容易得
常常让人难以置信。"

但我还是瑞典的女儿
我喜欢住在祖国的乡间
早起、读书、清理房屋
对了,还要给狗儿洗澡

这是我的样子吗?等等
有一个人竟然公开说
(我可忘了他是谁)
"褒曼是波德莱尔式的。"

我看着运河,枕着小舟,浪迹江湖
我的年龄,我的舞台,我的命数……

我老了的脸上带着少女的笑容；
就这样我的形象一下子就出来了。

2013 年 6 月 23 日

## 夏日读杜拉斯

"玛格丽特在厨房缝衣服
天花板上吊着一个灯泡"

书是黎明,日记是黑夜
她越特别,其实越普通

怎么还是无用?但有时
一杯茶而非酒就会革命

"浴缸是具白色的小棺材"
自由童年则是贫穷童年

有人强大到自杀
有人卑贱至傲慢
有人忧伤如阶级

人平庸,人写作,人耻辱
夏天,为什么总是夏天
生活的幻觉会令你害怕?

2013 年 6 月 25 日

## 童年

童年,不断的回光返照,黎明前的史诗
叙事滑翔——声音、形象,白色与黄色!
以及下午、箴席、痱子粉、阴凉的楼梯
以及乳房(来自北方)——唯一的夏日
以及交集的、幻觉的、晴朗的勾股定理
"腿!惊人的发现!真是最热门!腿!腿!"
(每个人的童年是否都应该上来透口气)
逃跑开始,黑白颠倒,刚一放学;之后……
"白日,一条蟒蛇吞下一只母鸡,夜晚
七十三岁的女校长爱上了自己的裸体。"
之后,馒头、馒头、馒头,仅需要一个。
之后,正午蚊帐里老师在浓睡;大田湾小学
食堂,七岁的烈日下,阀门迎刃而解——
快去那水的瀑布呀,人人都可以自由畅饮!

2013年6月25日

## 小职员的一生

二十七年前,在繁华的上海
我还是一个邮局的小职员
每天上班就分发信件、报纸,
誊抄文件,用胶水粘牢卷宗
伏案很好,细腻而安静,尤其
是我的病脚乐于坐而不宜走

后来,我去了高邮县城闲居
饮食让岁月悠然慢了下来——
双黄鸭蛋,三套鸭,珠光米,
秦邮董糖,界首茶干,蟹黄包……

生活中还有什么没被我发现?
雨天一过,一定是个大晴天!
缸里金鱼看上去游得真舒服呀。
我病脚消失,竟也走来走去。

2013年6月29日

## 秋事，1956

> 萧瑟秋风今又是，换了人间。
> ——毛泽东《浪淘沙·北戴河》

> 公有的土地用康拜因收割。
> ——马雅可夫斯基《列宁主义者》

凉空碧，增汉无阴，乡间恋人们
欢喜依偎在枫香树下观看星星
你还需当此良夜重写《与支遁书》？
康拜因夜以继日在江汉平原工作……

"此多山县，闲静，差可养疾……"
大经道德，小经庄子，若合符节
可劝进表不必，安身论亦不必；
恨赋别赋不必，偷税漏税不必……
新民主主义革命任务终将完成！

三反、五反之后，光阴往来如缕
艳阳天下，哀江南赋好远——
此真真外更无真，冷眼向洋看世界
吕洞宾还是宋徽宗！毛泽东！
康拜因在江汉平原工作……

2013 年 7 月 14 日

## 胡的杀气

银汉无声,人世夜色无边
杀气在劳动,杀气流逝……

中年时节我走路日行百里
惯看浮世如花,恒河沙数……
人挤人,我来听祇园的钟声……

我虽生无恶,我命里有恶
我的生命秒秒都是新鲜呀
天道惊险,步步如文王翼翼

知道吗,仁波切!敲门敲的
是你自己,天下事犹未晚,
大劫前,蚕有四眠小劫……

乱世良辰天,我佛何如来?
王风——井田禾苗吹来的风……
我只以天生杀气面对天机。

2013 年 7 月 30 日

## 荡子心声

往事霸图如梦
小桃一树初开
那是诗经的兴


早春星,清凉山
扬子江涌起……
人在哪里?
我久久伫立……


朝霞里吹着朝风
燕燕差池其羽
寒暑宜人心意


柔情巷陌
我想留下来做个扫叶人。
柔情南京,1944
那扫叶人在扫叶楼前。

2013 年 8 月 2 日

## 革命要诗与学问

> 若是没有了革命,就没有学问。
> ——胡兰成《华学科学与哲学》

一

燕之北,越之南,人在银河里?
人也在南京,石婆婆巷子里——
"忽有罗马灭亡星出现在报上"?
一株古树下有行坐之美——太极!

二

革命之仪表宾至如归,在台湾
亚洲民族解放的起点在哪里?
你说:男人是光,女人是颜色
你说:女心深邃,男人知之不尽……

三

一种美五常如数学,王气杂兵气
一种美我不是宋儒,是六朝荡子
从北京到东京,壮阔之敌是精致
日面佛月面佛,嵊县有一个戴笠?

2013 年 8 月 4 日

## 天涯道路

天涯道路,1947,那赶路人爱惜起眼前人来
从永嘉的报纸识得一些名字……瞿时媚吗?
(不对!他可是来自宁波的晚唐刺史)
刘景晨、张红薇、吴天五、夏瞿禅……

杭州的小旅馆,五月之晨,庄子打开在桌上
风景中有一个绝美,人类中有一个绝美,
那赶路人身负量子论、相对论、政治论——
动乎险中!"生死边缘甚宽,足容游戏耳。"

天地不仁是黄老?那赶路人想起了孙逸仙;
一个春晚,孟浩然的诗宜于在曹娥旅馆读;
七月流火,苦闷的象征,厨川白村的书呢,
正好莫干山上,有一份消夏的人家等着。

2013年8月5日

## 库切的童年与桉树的气味

一

母亲抡刀剁肥牛,满手浴血
母亲跨上自行车即变为少女

母鸡的乌爪肿胀得像大象皮
女老师鞭笞男孩含羞的屁股

穿鞋可耻,赤脚磨破皮更可耻
我顿被同学孤立,身后唯有母亲

二

晚夏浓雨明亮,桉树的气味
压倒厕所墙角潮湿的白石灰
一种古重庆的初中生活方式
在山巅,那气味持续到毕业

岁月流逝,记忆淡去,饭后刷牙……
我的爱国卫生只在乎绿纱窗吗?
打苍蝇!抹桌子!便后洗手!

2013年9月5日

## 温州之恋

午后人静不虚，尤在隆冬时节
我俩刚刚安排好了生活——
一年，一两金子；先买米……
可总有什么在消失——吾国吾民？

窦妇桥畔，徐家台门
灶间泥地，酒坛盛米
外婆像孩儿，外婆笑嘻嘻
外婆招引了女儿无来头之笑意？
我们坐下来，"看看倒是落位。"
可总有什么在消失——今生今世？

长凳一条，椅子一把，砖块垫桌腿
桌子杂于一（吃饭、梳妆、写字）
温州晚餐，此刻你我共桌而食：
一碟豆芽，一碟吹虾，一碟麻蛤，一碟炒鸡蛋
可总有什么在消失——山河岁月？
连同我们这昏黑长形的侧屋，在消失……

2013 年 11 月 14 日

## 小姐

> 我想请你放严肃点:
> 空气与情欲就是一切!
> ——埃尔弗里德·耶利内克

有鱼从水面跃起,发出清脆的声响
听,那钓者的脑筋正记下两行诗:
那什么是幸福呢(对于女人来说)?
那就是她可爱的骑兵喜欢骑上她!

我来到世上活着或错过,全凭造化
闪电爱情!爱情偶然!偶然阴性!
"灯,你在哪里,心灵已经醒来。"
小姐,快乘上飞机,跟上生活——

曾经我们将这个世界抓得多紧,
直到有一天,我们撒手人寰;
曾经除了名字,你一无所有,
那就想着未来吧,小姐。

2013 年 11 月 20 日

# 唇

"那围绕着一个孔洞的两片肉褶"
唇,神秘的伤口,从粉红到乌黑——
用于吃、用于吸、用于舔、用于说,
也用于开闭开——耶胡达·阿米亥

有一次,那舌头有糖浆,为什么?
下午,那手腕力量压下,为什么?
南京,已来到她的亲吻期,八周?
始于初春的黑夜!(也来自云南)

从 1989 年……;不,1958 年!
请整理我们 1699 年以来的族谱:
"有一本挺厚的小型俄语百科全书
只关注唇的如下意义:
位于古利亚斯加或某北极海湾的
一座地区法庭。"

2013 年 12 月 6 日

## 四月日记
——在瑞典重读张枣《四月诗选》

四月,两天的鱼,三春的鸟,
我在瑞典的南方过一座石桥。
幽灵公主,她会从东方来吗?
当然!康有为在此买了个岛。

四月,孔子在 Karlstad 住下,
我在瑞典森林喝绝对伏特加。
你潜心静气地做着语言实验——
特朗斯特罗姆是你的新偶像!

四月,诗篇幻美,纷纭从风
急飞过瑞典高深莫测的天空——
不是吗?汉学生在瑞典学到的
第一课就是高本汉讲的左传。

西方走自己的路?东方走西方
的路?但我不说。我说来自
成都的信息科学家,在四月
白得发亮的灯下,细抠语法。

2013 年 12 月 19 日

**辑五 | 年少是一种幸运 2014**

## 风景与生活
——与张祜纵游淮南

淮南,
庭院有奇树二株
妇人四十,容貌改前;
读刘缓诗《寒闺》
便入深秋,箱中剪刀已冷……
缎子一握,凉凉的,
眉语妩媚,眼语不言,
的的妆华,慢脸娇妍。

"我想我的猪对我最好,
所以这时我朝猪圈走去。"
近在猪栏酒吧,
住着一位来自上海的诗人,
她叫寒玉。

默默,
来自永嘉陈玉父,
来自钱塘沈逢春,
上海的撒娇诗人呢?
小心,拖拉机在过桥,
桃花扇下没飞地有糖尿……

小心，穿单衣的人
他知道六合有家暴。

"大儿庾信，小儿徐陵"
如皋的鲫鱼肥得很，
东台来的裁缝皮肤白如阴天
他生活在一条深巷，
一日就是百年！

2014 年 1 月 9 日

## 郑单衣

试酒便俊赏了西南师院化学楼,1985 年……
清晨蚊帐,食堂蛋糕,床边的酸奶;
试酒,北碚之春去了花溪一间农学院,
我们在黑夜中舞蹈,她从北师大来。

眼泪一直要流到南京吗?有一天中午
我为你写下:最柔软的女人是贵州女人。

幻觉!北方日记;胡同——"你说呀!"
自行车一辆开始脱手飞旋——林荫道
在哪里?在成都,在同里,在澳门的永利
我们的朋友定要去衔接过去一个人的梦。

如今夏天的翅膀已插上英国的保诚,
今朝酒醒,你还能唤回庾信的阳台神?

2014 年 1 月 10 日

# 长沙
——为少年张枣而作

> 今天多好,打开书,
> 你又和我在一起了,
> 来自长沙秋天的友人
>
> ——题记

年十五,我要去上学
人间已变,长沙春轻

苦夏亦好,1978
少女一定来自湖南吗?

布衾多年冷似铁,娇儿!
我听到了好玩的味道

看反宇飞风,伏槛含日
爱晚亭上,白云谁侣……

爸爸妈妈,祖父祖母
我的心好像不在长沙?

瞧瞧,我将去哪里呀!
我的背篼还派不上用场

2014 年 1 月 12 日

## 鲜宅,1967

有些白发漂亮似青春
有些白发揪心如灰烬
有些回忆漫长而享受
有些回忆一瞥即惊心

更阴天你就一春多病
更念死她就活了下来
欧阳海,母亲,特园……
水中孔雀,一双绣花鞋

鲜宅落日,何以思乡
鸟边"文革",何以人闲
雨中我们错斩了崔宁
鲜述东!你去了哪里?

大战在即我在找一个
多年前冬天黄昏的声音
稍息,鲜宅魂也来听:
一颗泪掉落客厅地板

炮火翻天穿梭,划过
星空,飞去江南江北
二轻局正酣战长安厂

三秒爆炸是什么概念?

明天又是一个大晴天!
他胖胖的尸体还在吗?
八月,饥饿的女儿要以
食肉相来换那绝交书!

2014年2月1日

**当你老了**


那往昔的
有桉树叶气味的尿槽,
我初中时代梆硬的木床
(我不止一次写到)
我1971年隆冬的精液呀,
我体内奔腾过多少黑夜里
埋名勃发的深河!

生与死
这一对神秘的珍宝,
惠特曼或许已破解了它;
可孩子们却对它失去了耐心,
觉得一切都太慢了。
请原谅他们吧。

风乍起!
达喀尔北部,
一个秋日晚宴上,
那德国人刚接受了大家
无意中的告别,
有个中国人突然站起来,
流下了眼泪。

当你老了
又对我谈起塞内加尔,
那里的逛街人无论男女
总有一种童年的快乐……
而怕死人难道终将不明白
只有不死才是危险的?

2014 年 2 月 8 日

**一种相遇**


一亿年后,你总算等到了一个人,我
(又被谁指使)要来歌唱你无人识得的一生。

活着的时候你总感觉自己年轻,死是别人的事情。
可能吗?我,一个新安江的农民,有一天
也会像谢灵运那样被斩首?

惊回头安静下来,翻开书,我们一块来读博尔赫斯:
"今年夏天我将五十岁了,死亡消磨着我,永不停息。"

或者,唉,怎么说呢"……但愿我生来就已死去。"

因为风不仅仅在寻找树,它也在寻找弄堂与铁桥
寻找银马上的骑手;风过耳——
那死神一眼就把他从风马中选出。

2014年2月8日

## 京都故事

行走在京都的秋色里,他的胡须被细细地吹着
他的胡须啊,与其说是柔和,不如说是软弱
他就像一个默然活命的幽灵,比鬼还像鬼……
在刺客般的小提琴声里,这个瘦小多汗的人
流着酒后的英雄泪,刚读完一本共产主义小书。

1924 年"要记住,这个花园是着了魔的!"
死神刚到!正俯身于一个缠了头巾的印度人
并没理会那些边抽烟边吐口水的少年们。
我的梦是关于倭人身穿黑衣行走于风的舞台
关于德国人的欢宴从黄昏开始到翌日清晨结束。

已有东西在飘落了,秋色吗?红艳艳的京都呀!
又是他,胡须软弱的人,他杀完一个人就变成
另外个一人;而恨,它的巅峰不为人,只为遗忘
只为在京都的岁月,把这遗忘组成心的篇章。

2014 年 2 月 10 日

## 1913

客气?不必;童年的
深冬,"甜蜜的药品!"

注意,彼得堡,1913
海军部背后有霍乱。

"而怪人叶甫盖尼——
羞于贫困,呼吸汽油。"

在远东,民国的江南
波浪肥腴,宇宙轻轻……

某人在曹娥清晨吃香烟
(小心血压!无络活喜)

淡蓝的室内真是温暖呀
她吞下一汤匙止咳糖浆

2014 年 2 月 12 日

## 回忆（三）
——赠杨键

谁怕工厂，怕电梯，
怕正午摩托车怒吼不停……
谁怕一本书只读了一半，
怕在跃进村失眠……

朱慧芬的黑夜，
你的背影是她四季
舒适的日月波浪枕头……
鱼儿好活泼，已放生
那装蚯蚓的小盒子有何用？

蒲宁的冬天真像安徽呀，
画苑牌香烟宜于隆冬
卑湿——我的祖国——
酒后的南方山岭起伏……

回忆，阳光减少了寒气，
我们临窗谈起了前途
谈起了身体的学问深似大海——
回忆，儿子的回忆，
在马鞍山一间家庭佛堂……

2014 年 2 月 14 日

# 小学

渡江燕子从江北的山巅起飞了——
代课女语文老师为美屏住呼吸
香积寺!春游发生在1965年
蛇!我惊恐于温泉午后的幽潭

重庆钢铁厂的星期天多么清洁!
劳动悠悠,橘树悠悠,风悠悠
大田湾小学的学生们动手动脚
聚精会神寻铁,一枚两枚三枚……

年昭樑,我永恒的数学老师呀!
请问那白皙的并专打人鼻中隔的
走起路来很慢的花花公子是谁?

而常常,看在世界的复杂性上
我们在教室里要求是多么的少
我们靠小手哈气,来获得热量

2014年2月15日

## 款式知多少

老巷子的款式，老风的款式
飞奔的森林年轻如云的款式

睫毛——苏州小扇子的款式
集训！少年莫扎特穿上军装

天空——我童年鲜宅的款式
那中弹者的脸色，白如妇女

下午的单簧管，秋天的款式
他决定急忙成为一个什么人？

苏联人吗，"手风琴还在徘徊
胳膊肘在忽闪！"火车鸣笛——

我在小学操场等待音乐课结束
老人呼吸着少先队员的款式

2014年2月18日

## 田的一生

### 一

嘴唇的形式,烟的形式,一夜情的形式……
歌乐山—广州—美国—田的伟大传奇的形式……

拂晓四点二十分!哪一年哪一月哪一日?
你的身体进入了中国南方的夏天——
白昼,很慢;天黑,很慢;风,很慢
其他动物,也很慢?可你年轻时在重庆
比徐闻还急,比射精还急,比猝死还急!

"声音,永远只能是一个回忆。"谁说的?
故都,它的美很可能就出现在十九岁——
我们漫游双流县的那个下午,一直到黄昏。
后来,谁还说过谁遇见伦敦谁就会不幸?
谁遇见美国谁就将老去?那说的是我呀。

### 二

告别始于一个春晚,我在成都完成训练。
长大了我去北大研究海明威,接着又准备
在重庆翻译奥登,恰值放弃了叶芝三天后。
唉,怎么说呢,很可能是另一个春晚

当我刚穿上一件女式短披风，一切都改变了。

真是快呀，一秒钟我就坐在了广州的银行；
下一秒我就结婚，生下一个女儿；下一秒
我到底是先出现在洛杉矶还是旧金山？
来不及了我这一生，如果还能剩下三十秒，
让我想想我最该感谢谁呢，祖国还是美国？

茅屋为秋风所破歌从没真刺激过我，心飞扬
那不是哲学是炸油条让我做客美国三十年！

2014 年 2 月 20 日

## 追凉——山中小寺

> 热海有炎气,忆昔好追凉
> ——题记

潮湿榆荚堆在墙角阴干,趁三天光景
明灯五盏,刚初见,便觉得安心。
湿度大雨将至,闷腾腾;没有酒,什么
又令人醉腾腾;晨昏惊扰了两只燕子!

在山中我们开卷,总是从右边开始;
每当夜半,我们的心又总倾向于鬼神。
喜凉天气已凉天,有个闲人吃了睡
睡了吃,采菊才不是他忙的事情。

人席地幕天,久坐多愁,可入门出门
并非说他闲来无事真病了;树上果子
真值得看吗?可惜小寺"花飞有底急",
写罢追凉,并非说你诗歌无才是所悲。

黑森林突然摇摆。别怕,翻开书——
"入寺村妇的宽度压倒了半个宇宙。"

2014年2月23日

## 求精中学

一

陆龟蒙才说那绿鸭儿话多
彭逸林便持灯上了小樊楼
指顾间,刚好双橘是霜橘
指顾间,江南江北一般春
衣锦昼行消得永昼,非关
梅妻鹤子,凡我同盟红马
春归不肯带愁归,在重庆
是她春带愁来,年年六中

二

那物理老师从垫江来?周末
他在二楼修一个电炉,求精!
那英语老师下午思玉?饼干
他吃了少许,笑少许,求精。
那语文老师名字直逼董仲舒
脸白已超越1972年的性感。
那政治老师的美,永在初秋;
初秋,我爱上了英俊的排球。
那总披着围巾的数学老师呢,
他更喜沁园春,而非微积分。

2014年2月24日

## 抄风

李商雨芜湖抄星之后,风转成都。
眼前江山,此地生涯,我来抄风
连龟尖风我都写过,还有何僻风?
但休说那平凡——狂风暴风微风……

"一样春风几样青"还有东风恶
"说与西风一任秋"又有风波恶
突然"此语更痴绝,真有虎头风。"
风呀,万事冬来,都飘零……
老境只与少年同,非鱼不知鱼儿苦!

抄风里,我们听到了什么……
风的光阴往来亦是人情往来
抱疾人说,要带病延年
割胆人说,要保命养性
君平公说:生我名者杀我身。
陶渊明说:归去来兮,请息交以绝游。

风呀,罗马尼亚也有同样的气功!
男人的命根挑起半桶水来(赫塔·米勒)
风呀,在波兰一颗小星下,
那女诗人生寄死归,恍如谢朓
——归来薄暮,聊以永年

2014年2月25日

## 致吕祥
——从宝应到新西兰


半山人家,水边瓦屋,水墨
这是不是江南山水之一笔……
酒旗茶楼,人间生意,银行
宝应也有烽火扬州路的气场……
同样的黄昏灯光,吾友小吕,
你那边,奥克兰,夏鱼银亮!

人命毕竟消磨去,神仙终须闲人做,
陆游还是少游?北岛还是南岛?
新西兰——我孤独地爱着你
——最后汹涌澎湃的天堂!

在一个春雨潇潇的黑夜,小吕,
我早年的祖国,又是一闪——
那培训楼前披着雨衣的自行车——
一架还是两架?突然吓了我一跳。

2014年3月3日

## 从重庆去南京
——对两个老师说

说南京梅花党活着,不如说
重庆一双绣花鞋也活着,我
的童年散步于嘉陵江大桥吗?
我的心刚飞过南京长江大桥——

一部单车上楼下楼,拐弯抹角
好窄,大长干接了个小长干
那头发多油的体育老师在笑?
从中我认出他母亲的神经质

告别长路后,那天就短了么?
可从童卫路到栖霞寺,张鸣
登上阳台,用了一生的时间。

一生如此自然,何必来感慨——
最后是什么让我们分手了呢?
是岁月,那一笔雕凿的岁月!

2014 年 3 月 9 日

## 小风景

一

"春阴江上来,桃花含雨开"
山气里又来个散开的落日……
晚浪吗;晚浪,筑波山下……
于是,我们发现了石桥下的黑影
一团聚拢的飘动的水草……
一串急水冲击下发亮的游鱼——
一只鸟儿站在阴天的木筏上
某游客临风,像个小谢
说水面绮丽,不说水面平静。

二

灵之下若风马,几番敲凉
家住重庆石板坡才过了惊蛰春分
菜难吃不道德。这是谁的错?
生活不在食堂,腊肉偏在高窗……
某翻译家的母亲是川菜大师!
如今她老人家已作古多年
如今我在成都等另一个人——
教育家杂志派人来了吗?文迪兄
谁下午去学校做动员报告?

2014 年 3 月 22 日

## 养小录

人生板荡得多么热烈
岁月见证了鱼烂土崩
优游一刻,借顾蝴蝶书
嘉兴养小录乐如之何?
夏天生抽,黄瓜笑笑
好风轻,我们加餐饭……

之后你薄眼皮被翻开
刮了一下,在磁器口;
之后猪肝岂会累了安邑?
我杯到嘴边还会失手?

午茶散睡,卯酒消愁——
松尾芭蕉"秋天深了,
邻家在做些什么呢?"
王在写诗?人在写诗。

2014 年 3 月 26 日

# 七天日记

1

那退了休的男教授忙两件事：
整修牙齿和谈恋爱。
那瞎子说了，这钳工的女人
再穿一双新鞋就要死去。

2

从早到晚，少年们用热尿
猛轰那株未老先衰的松树。
女人并非只为自己哭泣，
她一着急，便欲吞下儿子。

3

吃饭慢、射精快的人假动作多
这是赫塔·米勒的观点？
我替你感受了胳肢窝的命运，
体会了五十岁的反乌托邦。

4

他习惯躺在中国凉椅里

带着一个梨子肥皂味的笑容。
她津津乐道地说:"一个男人
要是没有肚子,那就是残废!"

## 5

脸小如早春二月的小诗人
爱写睫毛。老诗人写什么?
我的中学学习已作古多年,
照片上的你并非现实中的你。

## 6

学校很安全,鸟儿就住在
学校里面。空虚吗,老师?
李子树下真有一对乳房,
那年轻的岳父走路像少女。

## 7

收铁,收铁!此车转让。
在我去学校郊区的路上,
我怎么会想到香港大角咀,
那里浸信会的坏人层出不穷!

2014 年 3 月 31 日

## 东坡翁二三事

三更天气,顾影吃酒,
东坡翁若有所思而无所思:

黄州,1083 年 10 月 12 日,
与张怀民夜游承天寺
"何夜无月,何处无竹柏,
但少闲人如吾两人者耳"

满空疏星,儿子睡去;
大海危险!我念念有词:
"天未丧斯文,吾辈必济!"
吉祥天果然行云……

我笑那钓鱼人韩退之,
"不知走海者未必得大鱼也"
我笑那平淡者,不识真平淡,
平淡乃绚烂之极也!

2014 年 4 月 10 日

# 竹笑

有些事,我竟然在象泻才想起了——
潭太深,是恐怖的,摸上去极冷
而竹笑午后迎风,在重庆舞蹈……

冬天城乡之间,记得童年的一日
南边温泉热气腾腾,他幸福得胆痛
一个预言?笑的痛又是多么短暂

北边温泉风凉,最后的夏天,她的
鼻血;兵器工业部派卡车来了吗?
另一片江边竹笑,飞鸟衔发梦飞——

百年后,山中养蚕人技师范秀美
转眼来到瑞鹿寺,见明月如见古人
见银钱如见你,眼泪就流了下来……

"船近横滨,海天晴丽"正值中秋
瞧,我也终于跨过了日本的鸟居——
我感到高兴,我真的来到了日本

2014 年 4 月 16 日

## 反向与艳遇

一

检察官说看黄片看得吐
读诗人看诗就不看得吐?
美景何必低调当人高调
恨赋之后尤佴要反恨赋。
看,一天到晚从南到北
印度都在哭,哪是在唱。
看,一天到晚不分东西
谦逊人反穿奢华的衣服。

二

伊万·蒲宁是世上最懂
艳遇的人,而望眼欲穿的
艳遇却来得太迟了,是的,
我有时会产生一个幻觉——
那放在台阶上的小包包
远看好像一条小狗儿哩。
你的书,不也是在茫茫
人海中寻找某一个人吗?

2014 年 4 月 20 日

## 1987年夏天,黑水

我们往昔的欢游总发生在夏日
可老美人却怎么也不太懂得
她老年动人的性感。遗憾……

黑水的天空古蓝云藏,它的不朽
将我的青春再一次提速
米亚罗,我们再也回不去了……

那天下午的流水曾沁人心脾
那天年轻的绮集只有我们三人
我们呼吸着深山如飞,你对我讲起
一个少年深夜爱你到发抖的故事

二十四年后,瑞典,我还在想……
为什么她在森林里是无辜的?
为什么思想在森林里是个笑料?
为什么风景常在森林里回忆着观景人?

2014年4月27日

## 瑞典幻觉：论嘉宝

突然，她摘下墨镜说："我就是这个样子，伯格曼先生。"
明星是我们这些观众所创造的幻觉。

——英格玛·伯格曼《魔灯》

十三岁，她喜欢穿海魂衫，夏日……
十三岁，她历史地理数学成绩优秀。

爸爸（对不起，我童年很害羞），
将死的人看活人为什么总觉得怪？
爸爸（风茫茫或忙忙，如捕风），
这和平的树为什么会被狂风吹疯？

东方经乱，泰半毁矣，可我知道
我终将有一行诗要在纽约跳出来

活下去！下面这句是里尔克说的吗：
"我无限热爱瑞典，它到处都是幻觉。"
幻觉，不祥之兆！人们早记住你了。
幻觉，人们突然意识到你是必死的。

2014 年 4 月 29 日

# 布

《醒世姻缘传》里读什么?
男裹绑腿布,女有余布缠足……
"……还有女的说身上不便,
要从被套内寻布子夹屄。"

抗日战争的时间早就等不急了
每一秒里,都等着一个死人。
日本兵的帽子下挂了两片布
像猪耳迎风为扇掉射来的子弹?

崔健有块红布,马尾有块红布。
祖国山河一片红!何处没块红布?
连那罗田布贩徐寿辉,堂堂仪表
也来自元朝红巾军的红布。

对于永恒,你说手输给了手套。
我们却说:手其实输给了布。

2014 年 5 月 1 日

## 学习年代

一

忧郁质的人肺弱,嘴鼻有点歪。
胆汁质的人露出易怒的白牙齿。
多血质的人灌夜酒,晨起无事。
黏液质的人爱流泪,也爱寒冷。
大病初愈的年轻人呀!懂幸福……

二

说幸福脆弱,莫如说肉体脆弱;
说句芒一夜长精神,莫如说风!
"腊后风头已见春"春在哪里?
"寿命长,多了惧怕,少了勇气"
陌生人硬要塞给我一张小报纸。

三

唉,常常我们并不想要的东西
又是我们常常不能拒绝的东西——
春眠不觉晓,刚有条秦朝蝰蛇
经清朝,来到牛角沱一户人家,
瞧!它当场变成一只猫的尾巴。

四

冬日拂晓,陈良文起床是大事,
全家忙得暖融融,比上学重要。
潮湿木板怎会带电呢?摸一摸,
悄悄眯眯迢迢,寒食梨花谢了,
小学还差三斤铁,老师急得哭。

五

燕子来时又见夏末,黄昏操场
初中多出两行泪,戴眼镜踢球
左边锋!食指翘起个虎观英游。
谁又来鼠窥灯,晚上叫我喜儿?
我们上床翻中国地图,来睡觉。

六

弄晴秋雨入蜀州,贺铸半死桐。
他的泪眼呢,有点鼓,鼓之力
来自川大古籍所?小单于易之难。
1986还有何事可骄傲?龟尖风——
他说他老婆迎风为他洗了衣服

七

太宰治,我这一生出过不少丑,

西门媚，她的左边有一个苹果。
儿童练习鼓舞，大人熄了干戈，
一捡粪人站在开封城一面墙下，
孟元老烂赏迭游，作东京梦华录。

## 八

断肠草愁妇荁，麦得草喜沙草，
那迟到的香港诗人边说边撒娇……
顾彬教授从波恩来信了吗，查！
霜降宇宙要大变，一世无全人；
陆忆敏风雨欲来，学习纪律。

2014 年 5 月 15 日

## 过桥
——忆张枣

> 那有着许多小石桥的江南
> 我哪天会经过,……
> ——张枣《深秋的故事》(1985)

有一天你将忆吴云越水烟柳画桥
也忆蓝空下岷江上摇晃的铁索桥……
那天,我们在都江堰直谈到天黑——
少年游,威茨堡的三只小蝴蝶呀……
少年游,历历晴川,长沙娟娟!

我知道那坐冷的人也是坐新的人
我知道那是我的生活而不是神秘
(可惜二十七年后我才知道这点)
空调能再开高一点点吗,达玛?

达玛("我的妈妈,我的老师")
春节过完,我会等你从香港归来
不要理那瑞士人,不要理那上海人……
销魂人,今是张枣,古是柳梦梅
过桥人,过独木桥,也过断魂桥

2014年6月17日

**在尘世**

黑夜里亭子飞了起来，多么令人惊恐
那时，我们已不在了，只余声音留存
那时，我们又变成了什么？去了何方？
灯光腼腆，人将饮茶，世界破晓在即……
我想起一个人，十年前坐在我的左手边

莫丧气，那人，你怎么可能会孤单呢？
在尘世，无论芬芳还是难闻还是无味
每秒的生气都试探着我们生命的官能！
上街，你总感觉是第一次外出，为什么？
和她在一起，你就心跳加快，为什么？

巴黎手风琴，罗斯手风琴，中国手风琴……
活在人群里我分辨不出我呀，川音的
视唱练耳却让我脱颖而出——比利时——
你在哪儿啊？在成都玉林吗？在尘世。

2014 年 6 月 20 日

## 重庆,后来……

重庆,这一天凉月欲升,长日未落;
这一天哀乐中年,如在春半;
春阴阴而畏寒,人就吃一碗鸡汤饭。
总有销魂事,吾友,一九八四年……
那川外电灯泡里还有电的痛吗?
那老太婆还真如少女飞奔起来——
灰冷红羊,凶!避谶,如险如闲

后来,人在碧山,晚来风吹……
整整三十年看风景要不动声色?
人,我在想,怎样保持喜悦的分寸
——这是一个问题(很迷惘)
树之中,为什么梓柯树不怕火
人之中,为什么偏偏你溢于言表
人,醒来灯未灭,相逢教惜别

2014 年 6 月 23 日

**年少是一种幸运**

　　1998年春天的一个下午，接到萧瞳电话，约我去都江堰宝瓶口看风景，他说同去的还有文迪、翟頔、曾芳等人。正是那个下午他突然打来的电话，让我立刻意识到我老了。再说白一点：衰老从那个下午开始……

年少是一种幸运，不是我
青春是一种幸运，不是我
邮电，没有？我不会写作
磨难，没有？我不会宽恕
下午，为何命运总是下午……

1966，我提前作别了幸福
岁月中的天赋，从天而降
我取走我那份，奔向前程
是寒冷造就了一位诗人吗？
或是谎言训练出一位诗人。

"诗歌是一种特殊的耳疾"？
诗歌是一种日常的谈疗呢？
那就让我们在北碚黑夜里
说话，直到黎明爱上长沙
直到天爱上鸟儿，懒管愁人。

2014年6月29日

## 为了告别的悬念之家

一个多么令人难以忍受的悬念：
家有时是空的，沙发是废料填的。

八世纪的杯垫好看，江风引雨入舟凉
十九世纪的灯垫好看，"小光棍的婵娟！"
"家，像大千世界一样地运转；
人，一个接一个地离去……"

为何总是蓝眼睛的人类要背井离乡？
为何总有一位奶妈来自梁赞而非梁平？

说苹果很小，心很小，鼠标很小……
说天下安澜，比屋可封！哪来末途
说我们的告别，最终始于童年……
说可惜你现在是什么，死后还是什么。

2014 年 7 月 16 日

## 忆柏林

我将何时忆起你,柏林,
十七年后?蜜谢依娜
"那长椅的木板接近腐朽,
脚下深处是胭脂的河流……"
它结冰前夕的美丽,真无与伦比

你还相信吗,霍达谢维奇!
百年后的情侣们依旧矗立街头
拥抱如雕塑!我的签证在哪里?
柏林;合上书,揣好钥匙
漫步白夜,我不眠不休……

整整两个月,沙夏,
你懂的,每临黄昏
我都会看你边煎鸡蛋边念念有词:
爱上画家的久美子会爱上我的。
我们的后半生还剩下多少次呼吸……

酒精不停地刺激着你的鼻子啊
我又忍着怎样的重病,柏林!
一座近在眼前的铁路桥,
一条马雅可夫斯基环形道,
一株赫塔·米勒的杏树。

2014年7月23日

## 痛苦与白
——致阿尔巴尼亚

> "住在阿尔巴尼亚的人长得比其他地区的人白皙,身上的毛也稀少得像猫儿嘴上的胡须;……"
> ——艾科《波多里诺》

在阿尔巴尼亚,痛苦很家常,
很深,很慢,当然也很白……
那是因为他们一年四季都酷爱穿
白色的衬衫和白色的袜子?

很可能无事干,阿尔巴尼亚人
才成为全球最痛苦、最白的人?
阿里·博知雅渴望看着阿尔巴尼亚人
走向火车站,涌入大城市——

在阿尔巴尼亚,人可从来不轻,
常带些雨后沉重的醉意……
他们去风景中钓鱼,有时,
这甚至成了一种家庭寻常的乐事。

但我总觉得有什么地方很别扭,
悠长夏日的白呀,乌青青的白……
回头看:你的黑胡椒白面条
真是白得傻眼、傻口、傻心!

2014 年 7 月 23 日

## 杭州，1253 年

年轻黎明来自一枚拉脱维亚宝石
吴文英在杭州丰乐楼凭窗织锦……
我写诗，只是为了消磨时间
我养鱼，也是为了排遣逸兴
死，死了死；生，生了生……
"真的，我简直是相当满意，
处在这样一个独特的社会。"

1253 年怎么啦，命运的麻沸散
雁以不材死，树以不材生。
人脸钟头几点？量耳裁愁后
顺风递给水面一个宴室，秋天，
江湖载酒望海潮，锦儿偷寄幽素
我来听桂花影里吹笛到天明……
哪管那来自黑海的商人市列珠玑！

2014 年 7 月 24 日

**吃惊的事**

春日黄昏,细月如爪……
隋朝闲人杜子春在洛阳望天……
破晓黑铁,天很酷;他17岁,
对未来没有规划,更酷。

转眼,有些工作在夜间进行了……
扫街工、打更人(现绝迹)、送奶者……
"她疼痛起来难看的样子,
如她性交狂喜中难看的样子。"

夏日柳巷晒干的青苔卷了起来,
在苏州,王长河头……
打手也是夏日在嵊县招吗?
基督在南京找。

冬天,
我们的耶稣爱上了秀丽的驴子
"酒的残留物呀,请原谅我
用的字眼——尿!"

之外,生活复杂,但为什么
唯有女性的手一年四季都是凉的?
为什么从口腔到肛门,人
(包括动物)是那么精确、畅通?

2014年7月26日

## 天空

  醒来开卷:感伤者最残酷,敏感者易后悔。
  唉,"我的全部是一只水果"
        ——纳博科夫


多么渺小啊,一副雪橇——
在马车夫肥臀的衬托下,在古老的俄国。

1988年深冬,南京,她走起路来
有一种1978年云南大学的美丽——
天赋吗?不,礼物!

"刹那间,在袒露的夜空,高高地……
'瞧,'他说,'多美!'
……
她微微一笑,双唇微启,朝天空仰望。
'今晚?'他问道,也把目光投向天空。"

可在罗马尼亚,死者的脚被高高垫起了
黎明蚊子、耕马、鸟儿的叫声令人惊恐

天空,人生就是左手协会,右手丛书(臧棣)
天空,人生最重要的是不与有洁癖者交媾(奥登)

2014年7月27日

## 光景各有去处

西方佛陀。南方铁托。
凡人各有身份,各有心胸。
吃鱼高雅,但不宜于四川人。
四川人只吃丑陋的酸菜鱼。

那矮子年轻时发狂读书
为了练得流畅华丽的口才。
你感受生活,度过一生,
工作就是给开水烫过的番茄剥皮。

可奶奶像一头猿猴,
坐在校门边的大树下;
打开《心兽》我们发现:
"裁缝家浴室里的阴毛比头发多。"

女医生比白昼还要美丽呀,
她就是人间的神!
劳动人民的脸白里透红,
洋溢着一种祖传的年轻。

我中学时代的阿司匹林老师呢,
真的是玲珑而洋气。
如今我已六十岁了,
才刚刚懂得光景各有去处。

2014 年 7 月 27 日

# 因为

因为海为酒、山为肉、竹为笛,古文有一种轿子的味道;
因为当前的形势和我们的任务,油头人会找到喝酒的乐趣;
因为他吃粥要放猪油,饮茶要放辣椒,喝牛奶要放醋;
因为爱难以启齿,在床上、在书中、在浴室、在野外……
因为北碚邮局、上清寺邮局,以及我鲜宅般的童年;
因为家庭天生有一种下午的杀气,来自精神分析的观点;
因为广州,我们会想到:南方、商业、迷信及革命……
因为同时还会想到:早茶、夜宵、蛇羹、鼠肉和叉烧……
因为热,英国人一到印度就容易变成坏人或怪人;
因为雅典热天好悠长,蜀中苦夏最年轻,单眼皮单纯吗?
因为"安第斯山——怀中——她开始躺下"一个圆脸单纯;
因为李哥杀蚂蚁,李哥找死"好大,我的秘密,裹着绷带"
因为毛多情深,毛少义薄,夫妻间爱得更深的一方先死;
因为汉人脆弱而残酷,易怒并女性化,为复仇去吃大便;
因为四川人几乎个个看上去都像孩童,一生都不发育似的;
因为对远东人而言,冒充先知的人留须,汉族佛陀无须;
因为人各异,手不同;他的手不适合擀面,适合做数学题;
因为一声少了嘴唇的早安呀,目光何其准时,五点三十八分——
因为万事万物都有一个黎明,《伤寒论》就诞生于汉朝的黎明。

2014 年 7 月 27 日

## 还不够

蛋过着蛋的生活,哥伦布的鸡蛋——
直到我们打破了它。还不够吗?

葱过着葱的生活,在川棉厂种葱,
直到我们吃了它。还不够吗?

狗过着狗的生活,忠犬八公物语,
直到我们爱上了它。还不够吗?

人过着人的生活,黄人黑人白人……
直到我们死了,他还不够。

2014 年 7 月 27 日

**我这一生便没有虚度……**

夏天最宜于消磨呀,
有个叫钟鸣的人成天抱怨:
我这一生从未遇见过一位温和的女人……

可黑人不知道每个诗人都是黑人。
"我没有变,只是有时在念出
敌人的名字时,我有些犹豫。"

("中午有太古之感?
午夜必须是——何物")
人!所有日子中,
总有一个不得不死的日子——

那就略略受一点苦,
但不能太苦,像艾米莉那样
终其一生成为一个自己的陌生人,
我这一生便没有虚度……

2014 年 7 月 28 日

## 我在怀念

"远方的山脊,中午呈现暗蓝
雨中饮酒,这里的春天好凉爽"
彩虹出来了,大自然艳丽的叛逆!
极限!她用一生熬过了这个正午

转眼,不,真的是一眨眼呀——
淡金色乌云吹来了轻柔的暮年
吾友,我在怀念,每当酒后……
难道只有豹才配得上琥珀坟墓?

"当山山岭岭刮起了傍晚的风"——
英语老师还坐在堆满画报的床边
她的英语还有一种地中海的语调

海会怎样的慢?"淡紫"之后
他发现人生短暂,他离开了教室
他输了彼得堡,他得了威尼斯。

2014 年 7 月 31 日

## 易怒与孤独之白

### 一

体弱的人易怒……
儿童、妇女、老人、病人易怒；
古老的南充，热情的人也易怒；
残疾人在东方，天性凉薄？

易怒，一日复一日
填满了空虚，但失去了平衡。
鼓浪屿2014年，人在夏天，
一个学生最不可含怒到日落。

### 二

风起于林中空地
吹向夏日白昼——
平静的大地，公墓晴朗……

白呀，莽汉诗人肚皮是白的
刺槐花是白的
燕子腹部是白的
光是白的……
瞧，白石桥一弯！
它白得多么孤独！

2014年8月9日

## 永恒

——纪念我的舅舅杨嘉格和一个电工

> 五十年前，我的舅舅带我去重庆一个电工家吃过一顿午饭，那电工仪表含蓄温柔，炒的京酱肉丝令我终生难忘；在那个炎夏的正午，我甚至立刻改变了我对重庆酷暑的印象。
>
> ——题记

故事没有继续，记忆却从未停止……
我这一生，只是一个善于根据剧本
表演的演员吗？我突然发挥出来了——

那是重庆临江门千门万户中的一户——
世界的舞台来到一个电工之家，顶楼，
正午，我看见了阳光下的嘉陵江……

重庆的夏天风凉，因一盘虎皮青椒
一盘松花皮蛋，一盘京酱肉丝……
重庆的夏天安逸，因我们三人的午餐，
我十五，舅舅三十五，电工二十五。

"厨师因某个梦而发明了这个现实。"
电工！你正是这个永恒现实的厨师。
人生因多年后几人相忆在江楼——
最后的幻觉，我们无酒便不眺望……

2014年8月14日

## 回忆玛丽·安,兼忆蜜谢依娜
——和布莱希特

高天亮蓝,潘考入秋
布莱希特在一株李树下回忆:
玛丽·安,吾爱;我的生活
我们的生活,别人的生活……
有何秘密呢?人,转瞬即逝
宛如那朵云数分钟后便消失。

在柏林,让我想想,十七年前
蜜谢依娜,你还记得那晚吗?
你第一次来听我朗诵夏天……
结束后我把这些诗送给了你。

再后来秋天结束了,离开时我在想
幸好,那神光是一头金发,如你!
幸好,并非只有亲爱的领导
不眠听电台,因风恨西德……

2014 年 8 月 17 日

## 重庆，别过

一

重庆，我们叫鹅，威威；叫鱼，摆摆……
我七岁读《错斩崔宁》从此错过灯花婆婆。

"不要生气，我们来到这个世界多么短暂。"
"短暂？但我还是很生气。"——重庆！

（一根线里面有多黑？闪电——天笑！）

秋天教室里遗留了一件衬衣，中学的桉树
等着，生活等着，小心！人们恋爱即倾诉。

二

嗨，年来年去是何年？日来日去是何日？

渡汉水时，他在江心沉下了一把手枪；
近横滨时，他又将一条手巾抛入海中。

南宁，雨后樱桃，隔年老酒，我只吃过
沧州，青天白日，病鹤枯鱼，我才经过

天开江左,地冲淮右,花园里有株梅树
几番随喜来自台湾的自学者,我已别过

2014 年 8 月 25 日

## 风吹,黎明

一

风吹,吹来了狗叫……鱼儿腾跃……
以及一个女人——她只爱闲人——

可很快就没有人知道你们的故事了
可总有一些事情让我像你一样沉思

我沉思那胳膊下夹了一册诗的党员
我沉思诗歌,这穷人才懂的的艺术……

二

风吹,吹来了 1910 年伦敦的黎明……
那诗人式的无知又无耻的黎明呀,
是的,我身不由己地得到了它

这是真的吗?年轻的叶芝正在发誓:
我要找到马厩,我要一把拔出插销。

2014 年 9 月 7 日

## 论美

美的水果,除了苹果
还能是什么呢?
还能是香蕉、梨、桃子?
太多了,但绝不是西瓜。

有幽气的人,轻轻跳起,
一滑——擦过水面——
美,在宋朝;
17世纪后的美是不自然的。

(华堂旅会,闲庭独坐,
只为听柳七说书。
王月生好茶不笑,
毁了多少人的金陵春梦)

美是错过的事——
我只在夏日,你总在春夜。
美没有想到,
那慢腾腾的人竟是个乱来的人。

2014年9月7日

## 扬州梦

> 独鸟下东南,广陵何处在?
> ——韦应物

我曾在维扬的街头想起两个醉别江楼的人
(魏二和王昌龄),也闻到了橘柚的香气……
我曾在广陵刻印社夏日黄昏的庭院
观看过燕子何其微眇,飞来三两黑色——

这里的居民有秋冬之美,我早说过……
青年们在此提前欢度晚年"围棋赌酒到天明"
1989年的冬天,客心飘摇的人呀,
你该如何安顿你的身体,你该如何进入扬州

——在这样一座梦中之城
张智和李冰,清晨,我们去吃富春包子……
还有体育教师张志强,吃相又何其昂藏……

对了,那天的曙光并不只赠与贵族!
如今我们命运老矣,让我们从头开始
节省福气,像美国迈达斯节省扬州金子。

2014年9月15日

## 来做神州袖手人

烟月扬州玩什么？
游仙之后看神仙。
激电搜林凭什么？
鹰眼之后是鸽眼。

江山从来不宜秋，
少女一夜变白头。
去问赫塔·米勒吗？
还是问廖亦武？

不。有一种心境，
陈三立替你说了：
凭栏一片风云气，
来做神州袖手人。

2014 年 9 月 30 日

## 寻找声音
　　——兼赠沈颢

在哪里听到？在哪里说过？"总有一种
力量，在关键时刻，让我们泪流满面。"
但珍惜夏天凉快的人并不懂得冬天的冷

我们已擦去了宝刀的露水，为免生锈。
可缺了国王的尼泊尔仍觉得少了什么。
什么！尼泊尔联邦民主共和国唱《东方红》？

"昆明夜半又飞灰"该问胡天游还是
云南王？嘉兴人也爱写诗，声音大得很
先秦人声音更大，他们写诗却不认人

那株1984年的幼树呢？你死后，它仍
继续活着。我找了四十年的那个声音呢？
心药心灵总心病，龚自珍也是沈颢兄！

2014年10月4日

**诗速,思想**

一

诗速得体而已,不必一味图快
如下二句各有法度,皆是好的:
谢灵运星星到白发,心头一念
玛琳娜责任到顿河,十万光年

二

黄白丝出蚕口,长短缫出妇手
纺车呢(包括甘地的)我思想
何谓各有去处,何谓量体裁衣
你满身阳光也就一米七的阳光

2014 年 11 月 2 日

## 倾听茨维塔耶娃

> 已经有一年了（大约）我的目光在寻找钩子……
> ——茨维塔耶娃

你们都说我浑身肌肉硬如钢
有什么用，五十年后，我们
将长眠地下。写啊，继续写
……每个手势都要保存下来

别见面，我的感情没有分寸
我是个剥了皮的人，一碰就疼
大哥哥，书信已经等于拥抱
爱就是烧，就是女性情怀轰动

依据浑身苦恨，我辨认出他们
我男孩的胸脯不会因号啕而起伏
人透过人，更透过我，爱上生活
我渴望一步踏上千万条道路……

小伙子正当十八岁，太幸福了
我们一见面就散步十五公里
魔术！我要你变成七岁男孩
再变成六十岁老头，白璧无瑕！

急,快速对话;急,韵律刚劲
急,逼句子缩成一个孤词——
誓言发冷,剃刀边边,音节爆破
急,喜与怒;急,与十恋人断交

音清澈吗?听,折断骨头的咔嚓
写,以血的光速!感慨地尖叫
我那真得心应手的音素游戏啊
节奏当然一律是发烫的暴风雨

满嘴稀饭,继续说,我拒绝挣扎
窗外有株树,多好,我拒绝年龄
洗碗水交集着泪水,我拒绝心计
天棚上有一个挂钩,我拒绝障碍

我该谢谢谁呢,拜托了,苏维埃
洗碗成为我最终的、唯一的前程
百年后的读者注定会忆起我这黑人!
她吊死前的一秒钟依然是一个诗人。

2014 年 11 月 3 日

## 烟与重

### 一

洗碗、晒被、削梨、吃酒……"这就完啦?"
你再想想,该以"啦"结尾,还是"了"。
……电扇叶可旋转出风,可削尖铅笔。
一分硬币可买一颗糖,可用其边缘磨平指甲。
你做的面条真好吃呀,可朋友终归要分手的。
看看那石桥铺的烟囱吧,张奇开说:
她最后留给人世的形象是烟……

### 二

箱子再重对于内心重的人来说,也是空的。
东亚人何来金眼,重白化病人的眼似金非金。
鸟儿比蝴蝶重,很自然,鸟儿没有蝴蝶逸乐。
好重!二十个春天生活,二十把梳子梳过。
听力与逻辑有关联吗?大学毕业坐火车回家,
他感到前途的沉重。终于到了孙女的秋天,
牛皮纸包书声音好听,星期天没有重人。

2014 年 12 月 23 日

辑六 | 祖国或前世今生 2015

## 人生苦短

> 世界呀,现在我发出契诃夫的呼吁
> "米修司,你在哪儿啊?"
> ——题记

> 每当我感觉,呵,瞬息的美人!
> 我也许永远不会再看到你
> ——济慈《每当我害怕》

那时,我已在你的家乡写作……
转眼,在你命运手腕的力量下
道路迎刃分叉,你我各奔西东

上半身,下半身,昼与夜——
有个诗人说"身体始终都是业余的,
所以人才不停地去尝试和摸索"……

美利坚的律师莫测,未来莫测
穿上美丽衣裳的妈妈也莫测吗?
我记得你说你坐进了那部小汽车……

南京爱?是的,你说你要回来——
所有曾经的误解都将得以释怀……
唯那笨到较真的人配不上你的期待

确是一个中午决定的吗,分手!
我一夜翻过童年,瞬间来到老年
人生苦短!失去,我们就不必重逢。

              2015年1月9日

## 惋惜

日落时分,纤维桌布会发出闪光。
小纸箱里不见了解剖学书籍,
只有六本连环画,两张风景照片

一阵风,我从嘉陵江桥头归来
夜行驿车刚驶入上清寺邮局
(巴乌斯托夫斯基到重庆了吗?)

真巧,迎面有一个小脚手架
有一格木头窗户,但没有树荫
水泥地面的室内亮得雪白呀

流水哗哗不停……她来自北京……
四十七年后地理作废,人在哪里?
那医生之子每逢酒后双目放光!

他会听懂我这句偷来之诗:
五十九岁的我为十二岁的我惋惜。

2015 年 1 月 12 日

# 夏天

到底是谁教会了我
诗歌文法,我在想……
夏天结束前的一阵风
有一种召唤的凉意……

也是夏天结束前吗?
有个美国女诗人说:
"爱她到危难之际,
爱她到粗野的极端。"

别紧张,亲爱的,
夏天终归是女性的——
湖水有青天的颜色,
手镯有青山的颜色。
所以从水井里打水时,
旧桶别碰上井沿。

2015 年 1 月 14 日

## 巫山

> 巫山小摇落
> ——杜甫《西阁二首》

县在峡中,江在县前,楼在江畔
夏日,1984年的巫山男青年很白
我们俩可以观,可以兴,无以怨

清梵为什么两边来?街道浓荫下
新华书店里,唯有一本《废名诗选》
它真的恰适合我二十八岁的夏天?

旅行是浪漫的,很快就成了空洞
我只记得你浓密集权的黑发齐肩
那县委招待所的木板床热得邦硬

细人之爱人也以姑息。说的是谁?
没有交谈,没有希望,没有巫山
我们客愁如火,熬过这红色长夜……

2015年1月17日

**镜像**

在吾国,自古镜取形,灯取影——
如昔初中芬芳,形影不离的事
让人难以启齿——同志好小

睡觉来自童年?我们从生下来
就开始练习;那第一道闪电——
七岁!嫉妒刚划破我的小学

有一种爱注定发生在1964年
沿冬天拾级而上的人真幸福呀
他背影消失,去赴弟弟家的晚餐

看的人更幸福,当天光暗了下去
我不会走远,也不会离开太久
像那个英国人吗?我转身回家

三十年后打开一本书《镜与灯》
昨夜一过,我又返老还童!

2015年1月22日

## 白桦树

人的一生没有足够的时间。
当他失去了他就去寻找,
当他找到了他就遗忘,
当他遗忘了他就去爱,
当他爱了他就开始遗忘。
　　　　　——耶胡达·阿米亥

因为当你爱的时候,总是要离别的,当你离别的时候,才会爱。
　　　　　——茨维塔耶娃《我的普希金》


民国青春之后,一个清晨,
我的心突然掀起了骇浪
是因为一棵树吗?!
一棵来自瑞典西南方的白桦树
我还记得卡尔斯塔德那天的雾
在本特办公室的画框里

我记得三十五年前,一个初夏,
我曾遇见过另一株白桦
后来,生活的道路总是
不停地分叉再分叉,直到老年……

在成都,有时我依旧愿意固执地

保留我年轻时的记忆——
诵读一些来自异国的古老诗篇
(我幼稚吗?纳博科夫)

"很久以前的一切都已完结,
我祈求,你也该祈求神明,
在这光线幽暗的黄昏时刻,
在人生边缘我们别再相逢。"

电脑——传真——半秒——
一封信写于 1980 年 4 月 28 日夜
下半秒(2015 年 1 月 24 日)我收到。
它还保存着爱琴海的体温……

真好!很幸福,不害羞。也别怕。
死神刚刚到访了三分钟,已离开;
爱神来自广州,好小,和从前一样?
我记得……那是另一个夏日!

2015 年 1 月 24 日

## 错过

> 有一天我将回答。那时我已死去,终于能集中思绪。或至少远离这里,从而重新发现自己。
> ——特朗斯特罗姆《对一封信的回答》
>
> 里尔克从穆佐来信了吗?张枣已从特里尔来信……
> ——题记

年轻时我曾经喜欢在黄昏的小市闲逛……
观看琳琅夺目的店铺,人消失在人群里……
我的人生,常常就这样,与人间擦肩而过——
出发!"天上一座金刚石"我知道这是哪里

年轻时我也是写信狂,一夜写二十多封信……
日月颠倒,信来信去……,但有一封信,
我读到它时,三十七年零八天已经过去了——
它的体温还在?呼吸还在?那澳洲人还在?!

今年元旦,哀歌作古经年,邮局消失如报纸
"另一封信打开是空的,是空的,你熟睡如橘……"

2015年1月24日

## 肥料传奇

别了早蜂与树蜜,轻燕与江泥,
那时,白鹤总从西南飞来——
别了冬烧山,春烧山,山烧山
那浸草更烧灰的山村岁月……

920——我初中的大幻觉!
我农基课上的魔术课
它超越了葡萄糖和狗肉汤;
那些作粪拥田的人呀,1969 年,
湖南大地的春耕如沐春风
当然是浓得化不开!

深夜喇叭响起,伴着肥料,
也伴着屠格涅夫的《春潮》
我们党的九大!九大!九大!
我们民族的超我,它在升华……

2015 年 2 月 10 日

## 顺生论

无言的人有秋冬之美
话多的人多活泼于春夏
忧天人全来自杞国?
文生哀尽来自长沙。

看书为睁眼,写字为动手
正派人可以是寡欢人。
风流气质若隐藏了呢?
双鱼座的她需要原谅。

你(叶芝)怎么知道
一只动物奄奄一息时
既没有希望也没有恐惧。
我知道你最后的冷眼——

他从这里走向了世界,
你从世界回到了这里,
我年轻时的艺术兄弟,
有人说你老成了树皮。

2015 年 2 月 26 日

## 诗性教育

登重庆山洞寨子山,平生几两屐?
皮鞋一双六斤重,正适合王老师。
军训里有轻阴,我们就来玩词藻
高尔基,告诉我何谓亚麻色姑娘?

阿司匹林的铝包装在阳光下闪亮——
眼光!药品的华丽是女生的华丽!
为什么雨后的一个清晨?不,绝对
是 1969 年春潮,一个温暖的晚间……

王老师真要鼓舞几个男生暗夜潜行,
越过西南方的边境,生活在别处——
"西南方高贵而敏锐的灿烂光亮开始了"
命运怎么这么碰巧让人读到这一句。

多年后,我们返老还童,秋裤不穿……
在北碚论诗青未了,何言谈绝倒……

2015 年 2 月 26 日

## 来自北京的夏天

> 锁骨菩萨如今在哪里呀?
> ——题记

日光灯的镇流声让我留意到她的身体
这时,北京的夏天发生在静静的南国……

晚课,翻过马痒磨树,虎食狗醉这一页
我才见锁骨菩萨真的来到雪白的教室。

合上书,我在想……亲爱的——
"生命,也许不是生命",那是什么?

南国的晚课,白得很短暂,别咳嗽
我留意到她的身体,皮肤上的清凉油……

凉鞋!依旧是来自北京的夏天——
——课桌下一副多么小巧精致的锁骨。

2015 年 3 月 6 日

## 关于张爱玲的微电影(三个片段)

沪上义薄晚秋天,寂寞裁衣后,宜于我出场
真好啊,镜头正紧跟我步入图书馆的小楼
我暗自打量我的样子:我要坦露坏的一面,
对好人;对坏人,我又天然流露好的一面。
吝啬和舍得都是我,我不爱孩子只爱老人?

多少东西令我厌恶,伤兵、罗汉、抹桌布……
我喜欢的东西则更多,浓茶、口红、汽油味……
对于人生,我已在永嘉识得:县党部的豆腐,
脸盆架下的酱油,大方格小方格编成的箩篓……
"牛!我是维桢!"对这一切我都有一种依恋

是罐头食品硬化了我的血管?洛杉矶幻觉!
惊骇南京!"房里有金粉金沙深埋的宁静,
外面风雨琳琅,漫山遍野都是今天……"
那温州城仍像含有珠宝在放光吗?兰成
而尸体可怕,梦为鱼,化为鸟,又何乐如之

2015 年 3 月 21 日

## 基辅之春

这世上哪来彻夜不眠的春夜
老栗树下的基辅,灯亮了!
一个乌克兰少女在读书:
哦,契诃夫原来是个进步作家……

如此春夜,不写华丽的诗
不与梦中人登山临水,一个中学生,
可惜。契诃夫真说了这句话吗:
"电和蒸汽比素食更符合人性"

政治多么美。进步更美。
我说过吗?老年痰多,孩子话多。
春夜(不仅仅在基辅)
我不想惹群众,我只想出去……

2015 年 4 月 21 日

**幻觉罗斯**

跳来跳去的鱼何曾想过自己的命运
花开花落,也同样从来没有想过……
是前苏维埃让苦难把茶叶全变白了?
是雷仅仅为老自然怒吼了一大声!

"既无钱财,又不写诗,吻你!"
人远在巴库,也会忆起莫斯科的美
冬雾、灯光、熏肠,拥挤的车流……
我年轻的人生就这样与你通宵共舞。
可谁说喜欢回忆的人不喜欢生活?

很快我们创造出一种社会主义热带
云脱下棉裤,梁赞的燕子穿来梭去——
黄金世纪到了吗?你的金蔷薇之爱
"哦,让我们在未来人生的下坡路上,
相爱得更加温柔,更加迷信……"

2015 年 4 月 26 日

## 冷热的感觉

一

冷的感觉很年轻,冷血的动物除外
鱼、蛇、龟、蛙、鳖、蜥蜴……
奢华皮毛冬之悠闲,雾影依偎着人影
冷,就让它冷过去,在北京和平里
小学老师总是一副瓜熟蒂落的样子。

二

我们的头脑缺乏逻辑是因为天气热
难道这秘密只有瑞典人才觉察到了?
"而骑着的马却没有背",谁热得背时?
热,无论如何也混不过去,在重庆城
在大上海,甚至在新疆乌鲁木齐……

2015 年 5 月 17 日

**祖国或前世今生**

"1955 年的某些前夕和白天……"
很可能这不是你是我十三世纪初年
在汉江边打架前,说过的一句话。

史诗之冬,飞来小鸟儿般的陆放翁
母亲,阵痛;黄昏,黄昏也是极乐!
眼前"文革",过眼枪声,眨眼黄云龙。

之后,岁月岂能白白地流逝?……
十二岁那天,他在一枚柑橘香氛中
目测完一位即将远行突尼斯的厨师。

之后,祖国(再也没有以梦为马)
"你在我身体里,你是我晦涩命运,
那些感觉至死才会消失。"

之后,祖国(再也没有走上梁山)
"联系我们的不是爱而是恐惧;
也许正是这个原因,我才如此爱你。"

2015 年 6 月 24 日

# 在南方

> "无邪的南方呵,请收下我!"
> ——尼采《在南方》

唯有夏天上午某一刻,在南方
树叶才会发出银子般的沙沙声
我刚看见这一刻,变化发生了
风吹来的不是银子,而是虚无

还有那些天气并不舒适的游历
怎么总有一种老年和美的气息
可这些,我发现也已离我远去
天气没有老年和美,只有生气

经苏州到南浔,我们中午吃酒
作陪的镇长送给我十八双袜子
主人看上去真比我还要高兴呀

我该说什么呢?话多少不重要
我是诗人,可你说我是倒头神
多年后在成都,倒头神会怀念你

2015 年 6 月 27 日

## 痰吐与呼愁
### ——或帕慕克说

帕慕克幽灵分身后"痰吐止禁"
打开《一点墨》另一个我在说:
1403 年,伊斯坦布尔教堂三千,
小痰盂三千,办事员一样工作
的作家也三千?很可能这里的
诗人才是上帝通过他说话的人。

呼愁的集体?爸爸们讲的故事?
我不信这是土耳其独创!儿子,
"但我喜欢你这一点。生命中
最重要的不是艺术而是傲气。"
但是妈妈,我头脑里的螺丝松了
我不想成为艺术家只想写小说。

2015 年 6 月 30 日

## 重写布罗迪小姐的青春

> 一个人的青春就是一个人为它而降生的时刻。
> ——穆丽尔·斯帕克《布罗迪小姐的青春》

诗中第四节,猛烈的东风弯曲了
落叶好轻,十岁的女生突然惊醒
"历史课"在一株大榆树下进行
苏格兰,我国的诗歌,英语语法……

这可不是公元前的事,但总有种
魔法的感觉,是什么呢?1937年
晚报准时送来爱丁堡下午六点钟。

少女们别革命!布罗迪正值青春。
谁说对隐藏的诗人应该厚道一些?
谁说法西斯男青年都爱穿黑衣衫?
后来我到达时,她已被迫退休了。

我想起已不年轻的她曾经旅游过
两三个国家……她死后的消息在
人们口中风传,就像夏天的燕子……

2015年8月1日

## 这世界
——致上海诗人古冈

初冬早起,
炉温先暖酒,手冷未梳头……
心想这世界,每秒钟
四人诞生,两人死去。

兰成四方风动,
寒山八风不动,这世界
悲哀总在欲老正老时,
老过了就没有悲哀。

每个人的生活,
尤其是早年的生活,
遇见了什么?
发现了什么?
这些都让我想起古冈,
这世界,这样一个上海诗人……

2015 年 8 月 21 日

# 信

"信是凡间的一种欢乐,众神却无法得到。"

——狄金森

信呢?张枣最爱!
　　——题记


童年有何意义?命难熬,除了仰望星空
(无论冬夏)就是寻找伙伴,读书,写信……
有一夜——那已决定在将来化为非凡的一夜
——我只陌生地度过,看着脸变丑了……
在吾国,"天将以百凶成就一个诗人。"

信,真是你破黑衣服上的一块白补丁吗?
纳博科夫,我知道你和我一样害怕邮局。
到底是鸽子或鸟儿教会了梦中人接吻和性交?
还是莱茵河水鼠灰,令南欧的燕子害怕?
1986年夏天,"你活得匆忙,来不及感受"

女性的白头巾在中国是恐惧,在西方是什么?
三十年来(已经没有多少三十年了)
我常常想起你写给我的所有信件……其实
我记住的只有半句话:那美丽的荷兰医生……

2015年8月26日

## 致刘波

南方远景里有一抹北方朝霞
重庆,吾土,多么奇妙……
成都呢,我好像没什么感觉
它只出现在我下午课堂的插画里
同学反切曾带给我短暂的快乐
我生命中不止这一些小东西……
波德莱尔才刚刚诞生于中国
是的,张枣说跟你学诗要当心

七十年是一个人的寿命,
七百年也是一个人的寿命……
读我书的人是谁?一千零一年后
女巨人还是法兰西专有名词吗?
凭什么这人间总是年轻人——
喜欢反起搞——爱上云的老年?
凭什么我们一生的努力就为了
使我们在老年的岁月变得神秘?

后来在何处,余生重生如诞生——
从蒙特利尔到巴黎,我们一路
开着车,到处寻找便宜的油价……
(曾文正公还在你胸怀里吗?
自行车崭新,还有股共青团帅气)

去广州！那离开川外的人不是我，
那是另一个老人在黄婆洞开始
搜集整理他青年时代的书信。

2015 年 10 月 1 日

**美即真**

人,请珍惜每一个十四岁半的男孩
那是他最美的时节,不会超过三周
很可能,他最惊人的美只有两天半
之后,他就开始圆融了,或凋谢了……

"每当我害怕,生命也许等不及"
而少女之美要从十七岁才慢慢开始,
并将持续到二十八岁,甚至三十四岁

神呀,你创造一切(短暂的或更长的)
怎么连每一根毛发都设计得那么神奇?

2015 年 10 月 23 日

## 在一个封闭的房间

> "在这里那些门如同一把锯。"
> ——艾吕雅

救命!花生!时辰已过,门反锁
我急得哭,年轻的父亲翻窗入户

锯子的神经质?不!锯子的疼痛
我六岁时的一个下午已经领受……

六十岁重返那方凳,被我锯开的
小裂口还在,下午还在,妈妈说着……

我的鼻孔快出不到气了,嘴张着,
直到九十九岁的另一个下午……

2015 年 10 月 30 日

辑七 | 江南来信 2016—2017

## 忆旧游

有一天,我突然看见你
出现在诗生活网站
正在演讲的你笑着……
老了?!我大吃了一惊……
这不可能是真的!

二十四年前的那个下午
九眼桥附近,你曾给我看过
你刚拍的写真照片。
昏暗天光的成都科技大学宾馆,
我们朗读着《幸福》……

明清茶楼——"老窝子"
(我教会你的第一个新词)
我一进门,裤子荷包上的扣子
咔嚓失踪。我们都没有找到它

晚餐说来就来了,
街边有一间亮灯的小房子饭馆
我们似曾相识的童年……
法兰克福?或重庆?

谁正在生气?

谁扯到贝肯鲍尔、布考斯基?
现在川大的德国留学生……
他们更喜欢学习中国生意。
怎么又钻出来了个画家,
千万别去和他的鬼影子谈心!

转念你的爱丁堡大学近了——
莫言《檀香刑》,他是个作家,
他饿,他吃过煤,
他得了诺贝尔文学奖。
你说这一切对吗?

2016年1月21日

## 燕子与蛇的故事

燕子在漆黑的卧室疾飞,什么状况
睡下的父亲披衣擎灯引它来到堂屋
抬头望,梁上燕窝旁,垂下一条蛇
那蛇口里衔着另一只不动弹的燕子

乡间万籁俱寂,我们赶紧绑扎镰刀……
蛇吐出燕子溜了,狗叼起燕子跑了
什么状况,狗突然栽倒,中毒死去
翌日清晨,千万燕子盘旋我家上空

堂屋的气温、气流、风,年年依旧
什么状况,从此燕子再也没有飞来
许多年后,不,又过了一个半世纪

我想到的怎么不是那晚求救的燕子
不是父亲高举镰刀发出的嚯嚯吼声
而是动物越安静,越令人害怕——蛇!

2016年1月24日

## 想到……

想到瓦雷里,就想到他海滨墓园的诗歌
他那"法国南方故乡深夜沉钟的回音"
抽象的抒情,这里藏点,那里露点

想到魏尔伦,就想到他正午秘密的催促
他那"高高的树枝形成……半天的安宁"
肉感的细节,这里减点,那里加点

想到维庸,就想到他的肺,他翕动的脾脏
他那在阴湿监狱里写下的《绞刑犯谣曲》
六百年后,我真想你写的书有一种海洋美

而谁猜得出那飞鸽的未来?雨果吗?我想到
诗人的幼年,保留在他内心最神秘的回忆——
"灯下读书的祖父"传说中凶年的儿子……

2016 年 1 月 28 日

## 写作
——以瓦雷里的方式

物理学之后是形上学,
自然学之后是伦理学
注意"只要听到赞颂道德,
雨果就会很不自在。"
爱是多么自然的事,
自由生活可以是惊险生活!

诗歌也不是领先,是避开,
更不是不朽,是音乐!
它突然把你固定在了那儿,
活在瞬间!或活在二十年后,
"否则你就被判诗歌死刑。"

注意!别犹豫!
无论下面这句话是谁说的,
都该被牢牢记住:
"有一个寻找的天才,
就有一个发现的天才;
有一个阅读的天才,
就有一个写作的天才。"

2016 年 1 月 28 日

## 人、鸟在度过……

身体一具一具的,孤独一个一个的
少了恐惧,重庆人就来学日本人边睡边走
这个十二岁的梦,我好像有些模糊了……
记忆也唤不醒那一刻,我继续入眠

云上的日子终归是少年的日子,
一代一代,老了,重复着前人的事……

爸爸,妈妈,兄弟姐妹;亲爱的张枣,
遗憾,我没能送给你们颐和园!耳下雪,
金门大桥在你们眼皮底下被移走——
难道这只能发生在旧金山?

人间朝朝暮暮,春夏秋冬,人在度过……
"遗憾,王道士梳头梳掉了什么"?

风吹,肯定离去……光亮,肯定到来
那些迎面穿梭的海鸥呀!它们肯定!
肯定天天在斯德哥尔摩火车站度过……
人的前方还有什么飞鸟的名字需要肯定?

我问过宾馆门前那个高大的女保安,
她没有回答我关于飞鸟的问题。

2016 年 2 月 1 日

## 五十年后

> 不是此地,不是此时:他们杀的是时间,
> 一个未来的穷苦贫民。
>
> ——W.H. 奥登

他们十五岁那年毕业分手时
彼此许下诺言,将永不相忘。
真多此一举,你们何曾相忘!
你们的早年会出现在一本书里。

后来的生活当然是各奔东西
那中学时的恋情或早已过时?
或羞于启齿?或耸人听闻!?
长时间沉默以后,如叶芝……

一天,五十年后的一个晚间
在本市一家小超市收银台边,
你发现一个红脸白胡子矮男人
你一下盯住了他,看了很久……

在回家的路上,你哭出声来:
"中学时他身上有股橙子味。"

2016 年 3 月 28 日

## 全身哭

神咳,不如人咳,不如她咳。
神怕,不如人怕,不如你怕。
1903 年的巴黎火车闷热拥挤。
2016 年同样!舒适度在哪里?

钟锤悬吊,宝塔耸立,开卷:
你将私处竖起,似一座大门。
近乡情怯的人回家也难为情?
沿杜伊诺海边裸跑的人是谁?

"与其被召唤,不如被拒绝"
青春邀舞不喜欢哀求的姿势,
矮子千万别倒在女巨人怀里。
再见童年!不变天早一溜烟。

记住永恒:穷人是一个集体——
他们一律左脚哭完,哭右脚,
右脚哭完,哭脑壳;左右手
左右耳,他们从全身毛孔哭……

2016 年 4 月 23 日

## 柏林晨景

> 主啊,这些事的结局会是怎样呢?
> 去吧,但以理,这些话已被封印……
> ——《旧约全书·但以理书》

那曾有的气味要等到八十七年后
某个五月的早晨才能被我精确嗅出
那死去的声音是活的,每分每秒
都来到我的耳畔,不停地讲述……

"请给我拿一块杏仁肥皂。"
这出现在你柏林天赋生活的第几页?
往下听,车尔尼雪夫斯基正从中
发现了某种平凡而珍贵的联系——

那司机扛着半边冻猪肉,弓身穿过
人行道,快步踏入屠夫红色的肉铺
看见这幕晨景的人,为什么不是我?

纳博科夫!这是韶华易逝的柏林啊
一个想说声"谢谢"的柏林,合上书
高兴之余,我想起《旧约》漆黑的开头……

2016 年 4 月 30 日

## 轻盈的妈妈

我们并不是忘记了时光
而是对时光全然不知晓
晚年有何不可测的秘密?

轻盈的妈妈总是轻盈的
她老年失去儿子是轻盈的
她信了基督也是轻盈的

嘉陵江上我们的小妈妈
精神分析着古老的波浪——
地下的地下呀,还会不
会有别的地下水在奔涌……

那是 1946 年秋,我写着
老派的诗,在幽黑重庆
"我归来时头发还不曾白"
我真高兴,轻盈的妈妈……

2016 年 5 月 19 日

# 别怕

  痛苦随时间消失,无须习得。
        ——题记

当他醉倒在地,
警觉地发现你在身边
你惊恐地看着他——
"这不是我的父亲!"

别怕,儿子
每个人毁灭的样子
都是神奇的。

有个开灯的女人,
就有个换灯的男人。
有个吃水果的女人,
就有个喝酒的男人。

别怕,儿子
生命各司其职
人人都如鱼得水……

2016 年 6 月 7 日

## 绽放

什么秘密？伦敦，
一个擦肩而过的人，
一个瞬间看见的人，
一个面目模糊的人，
一个来自瑞典的——
代达罗斯北方乐土人……

我的生命刮起了星云龙卷风，
1745 年 4 月，一个晚间——

绽放！迦南的艾丽丝，
上帝的工作转换成你的工作——
有个汉字一直躲在字典里，
无声无息，没人发现；
你知道这是一个什么字吗？
有一天，我会告诉你。

2016 年 6 月 18 日

## 一个男作家写信谈友谊

一

"假如下一页就是结尾那该多好。"
但是我,生来就是要远走他乡的……
诗,边远得像世界尽头最后一所房子
脉动来自古生物词语,现在它是一瓶水

二

代代学童岂是个个平白无故地长大?
叶芝含笑,赋予其中一个悲剧的一天。
学校真有恐惧?我的衣服窄得遭人嫌……
童年,怎么可能会是遗忘了的平淡?

三

整整一个夏天,我在重庆读着一句诗
来自阿米亥"凉鞋是鞋的青春年华"
而树枝摩挲晨风,"我的朋友胡适之"……
那渴求友谊的男作家一生停留在童年期!

2016年6月20日

## 江南来信

春风总是十里,秋雨只有一灯
看杜牧登楼的人却偏偏来自德国
世界乱得很,官国也没用,这不,
富有的德国还在让苏维埃生闷气。

吃饭也可以看着是一种玩耍消愁,
饭后百步走……某江南来的诗人
问爱尔兰诗人,纳粹是个什么意象?
湿疹倒有可能是一种女性化的病……

为防止开春后蛆变苍蝇,冬天
我到上海乡下粪缸边用筷子夹蛆
唉,游仙人何必非补晴天缺陷呢
煮盐人哪来哀伤?半斤烟土搞定。

那么应该怎样对友人表达关切呢?
中国人会教你一招:"多喝水!"

2016 年 7 月 30 日

## 过秦淮

烟花三月,访翠天气,过秦淮
于江畔山岭,于天文渡桥……
侯方域问:会期做些什么?
柳敬亭答:大家比较技艺。
譬如四川有种耙耙菜叫下锅耙。

世间事还真有怪事,遗憾!
龟不能交,而纵牝者与蛇交也。
"哥哥高姓,哪里来?"
过秦淮,世间人不称自己为小人,
但称小仙,或小闲……

升入蓝空的布呀,不是柿。
居家乐事,肥猪头烧得软烂?
1901 年,有个日本人过秦淮,
他走马先行非小狮,陆八家。

"吉。凡事无有不利,淮水无绝……"
多年后,又有个中国人过秦淮……
无穷尽包裹万物的"风吕敷"啊!
我只要取一匹,来包我的讲义。

2016 年 9 月 9 日

**暹罗的回忆**

年轻真好,
头一碰枕头就睡着了
中年时节,
一个激灵便醒转来,亦好

事情有什么好奇怪呢,
别说见到了什么安暖鱼
反正我已长大成人
只是我记不得我的父母了……

那儿童在夏天的热风中浓睡,
这更好吗?失踪那天,
他只记得有一个玩具象
从手上掉落

下午,突然变阴凉了,
一个下坡,一个上坡——
森林!森林!森林!
后来我就只记得森林出现了……

2016 年 9 月 15 日

## 出夏入秋,少年杭州

凉气袭人……英国的夏天,不说也罢。
说中国桑拿天减肥反影响了西子样子。
江南无白发,今生今世何以见证不朽?
真没想到是热,让我重回南宋的京都。

热翻天,杭城内铺铺连云,肉肉接壤
画船趁此入了西泠,星球下的纯真年代——
很快,秋天要黄了,那是说黄人更黄!
那是说水龙腰子将是最后一道南宋菜?

风吹学生,山响弓箭,我也可以不说
交趾至会稽八千里路,他乡有个表弟。
病中十日不举酒,《太平广记》有鬼诗……
说的是老人吗?壶中日月天气好,晒晒——

越十年生聚,而十年教训,一代又一代
酒青临安轻,欢娱无限事来报答少年人……

2016 年 10 月 1 日

## 纪念一个诗人
——给诗人、学者温恕

临死前大半年,一个浅浅的晚间,
你悄悄来读了我的诗,这我知道。

临死前一个月,你还是那样自恋
撒娇:"世界只剩下我们两个人了。"

余下细节,可没有一个说得上来
那么多计划,那么多书,那么多钱……

朱湘之后,张枣之后,余虹之后
我总觉得,你是一个没有死的人

这不,我来对你说我的一个新发现:
乌克兰小俄罗斯。高尔基大话包子。

这不,五十年很可能不如一夕谈
多说多福,舌头能把你带到基辅。

2016 年 10 月 26 日

## 扫墓

宁静有时更是一种气势!
墓园的小坟一个挨一个……
纪念的人低头站得笔直。
不纪念的树也站得笔直。
除了风还有什么不笔直?

那瘸子单手单脚才孤独,
你有双手双脚何来孤独?
就一会,扫墓人登上山
莫分孤独,叹死生下泪……
"干哭哭出了世界末日"

任何人的生都是我的生……
任何人的老都是我的老……
任何人的病都是我的病……
任何人的死都是我的死……
任何人的墓都是我的墓……

2016 年 11 月 13 日

## 临刑前的一生

一

那对母女临刑前两个半小时还在吵架……

母亲认为所有动物眼睛中唯有羊眼像人眼。
女儿却说全世界日升日落的美都不如印度。

多年后,我唯一的不快是马不停蹄的不快。
快!"屁股是充满拯救的弥赛亚"!

你二十岁,他六十岁,有什么可怕的呢?
三千年后,你们乃"属于同一考古层"。

二

年轻时谈论死亡的人自信吗,陆忆敏……
老年人谈论死亡不是恐惧而是迷信。

明故宫最黑的冬天,那是我俩的暗号……

不到临终,那预言的一生不会显现——
"我要喝水,我是吴宓教授……"

中年没有空白,你总是不断地想象一个人
想象她大病初愈的平静和兴奋后的平静……

2016 年 11 月 16 日

**晚霞里**

这君士坦丁堡的晚霞……里加晚霞……
就这样变成了身体的幸福,他看哭了
那逃亡者目光挑剔,诗生活何其短暂
他最后注意到的东西,将会最先消失?

晚霞里,你遇见了往生四十年的父亲
在晚霞邮政总局门口与你擦肩而过——
好怪,这事怎么发生在昨晚梦中的柔佛?
(无论记住或忘却,都令人感到高兴)

我看到了吗?不,我有信心,我记住了
那天的晚霞,直到我的老年;我记得
那一道金辉是怎样洒在安静的教室里
她刚上完少年党课,站在屏幕前的样子……

而另一个年轻的纳博科夫像我年轻的母亲
在晚霞里只用指关节打人,不用整个拳头。

2017年2月11日于新加坡

### 在巴黎

永恒的俄国北方
永恒的星空晴朗
天边闪着电光和北极光……

世事难料,我开始了流亡
从敖德萨到君士坦丁堡,
再到普罗旺斯,又到巴黎。

你还那么着急吗,蒲宁?
未雨绸缪不只关乎年老,
任何时候都有必要。

生活真长……在巴黎
我现在觉得自己才二十岁
心想着幸福也没忘眼前生活。

(那天和纳博科夫谈心后
他的长围巾一寸寸被扯出来,
就像解开了一个木乃伊)

整整二十年,在巴黎
我零星写作,不想说话
后来,为什么我写得很多,
说得也不少?

2017 年 3 月 17 日于新加坡

**出西藏记**

  屠夫有罪，肉有没有罪？死而复生让他出名。

——题记

"我在清晨的花园走动，这是我心中最后一刻宁静。"
绝望里整装完毕，即将出发，远行总让我兴奋……
吉兆白马出现，我们将像小昆虫般翻山越岭……
（吉姆转世了吗？他为我们送来了白马血统的证明）

一座小寺飞临峭壁，锡金的山谷，大吉岭……
吉雄，钦耶，伊曲多江，雪布拉，隆子宗，觉拉，芒芒……
注意甘丹寺！佛殿的一面墙壁流出血来了……
我的前世？我的下午？我的鼻子？我们白人怕蛇！

谁说南方任何一条河流只要留下肥沃淤泥就够了？
谁说迎向暴雨和八百次雷击，我站起来只是想得道？
痛苦是为了衡量欢乐而存在的。天井里有整洁的干柴堆……

晚安，我最后的祖国！我蜷伏在毯子里，鼠尿滴下来……
晚安，辽阔、酷热、无风的印度大平原就在前面……
晚安，旁地拉，穆苏里，达兰萨拉，已触手可及……

2017 年 3 月 26 日于新加坡

## 人各一生

少年时你想集中一次力气
就过上一劳永逸的生活……
如今你四十岁看过的风景,
他八十岁才来帮你忆起……

我该对你说一些什么呢?
梁宗岱,来自东方的青年,
"看我多么会变,起风了!……
只有试着活下去一条路!"

1959 年 12 月 20 日星期天,
吴宓泪落如绳,为什么?
那泰瑶脸厚,每天来吴宓
室内偷或者讨一个馒头。

一个预言,再回到北碚,
那时你总乐于在深夜炫耀
"相信我,最多三小时"——
恋爱结束,如过完节日。

2017 年 4 月 5 日于新加坡

# 云

云,常常被看成一丛丛白或黑宗教
夕阳红云却让人想到了离休的晚年
但大多数时间里,云呈现佛教的蓝……

蓝空下,郑愁予递过来一件衣钵
错误之后,还会有什么来到小城?
"我提过你的箱子,像怀沙的沉重"

云,年轻的其芳也在万县山巅瞭望……
像急迫的波德莱尔偏起细细的颈子
那是他的学习年代,数如花的流云……

老年终究是不是个负担?逝而无回
云近如人生,远如人亡,1964年春
庾信白居易的今生今世有龙恼龙嬉。

2017年5月14日于新加坡

## 常常

傍晚宜下围棋,早餐宜吃水果,常常
女人午睡醒来后的脸相是很好看的。
而忧喜不过是两件衣服,穿着一件,
自然闲着另一件。不信,你问郑愁予。

下面这句诗,你们只能去问波兰人了?
"……我们出生时真的毫无经验,
我们死时又总是感到陌生。"

从成都去深圳,过巴黎抵上海,常常
对那位刚刚去世的诗歌语言学家来说,
死也可以是一种有关破晓的记忆和传奇……

从来人在水边洗手、洗衣、洗鱼、洗橘……
但也有人在水边洗煤球,他是什么人?
看山看水皆如常,观察者是被观察者。

你说街上人多,他们看上去像党员。
你说日本方脸如商人,老农的脸如皮革……
常常,我带来的没有爱,只是偏见——

1934年纳博科夫写斩首之邀,一条注释:
"常常有人写斩首,而读起来更像一首诗……"

常常,我们都是自己的陌生人——

如同滚动的铁环,下坡的日子是冲锋——
七秒钟回到童年。但我还是喜欢老派速度
——重返童年,常常我愿用一生的时间。

2017年5月16日于新加坡

## 论燕子
——给法国数学家阿兰

燕子飞过时,会有一股中午的味道。
这句话是谁说的?我想不起来了。
镜湖宾馆一个晚间(西南交大)
法国来的天文数学家朗读着俄语……
"我似乎忘了想要说什么,失明的
燕子已飞回昏暗的殿堂……"在成都
命运平淡,生活琐碎,人该怎么办?
像叶芝那样"沉思一只燕子的飞翔——
沉思一个老妇的生活以及她的住房……"
人也从每个遇见的人身上发现一点点
自己。不用说,此句当然与燕子无关。
"可我在人世亦好像那燕子"——

在德国,赫塔·米勒的笑声依旧铁硬
在宋朝,"燕子来时,绿水人家绕"……

2013年6月14日写于成都<br>2017年5月31日改定于新加坡

## 我俩

我俩共有五分钱,能买什么东西?
上学路上,年轻的山道弯曲盘旋……
我俩分享了那不回头的临江绝壁
还有老虎灶的热气,小店的柔光
黑板前的嫉妒,一年级的班长……
我天生有一种羞于说出口的恶行
(它保密得很好,我不会说出来)
这一切都来自我古老家族的基因?

半世纪前我可怕的表情在想什么?
你死的时候,会有什么伴你而去……
每当我仰望学校的天空,都会产生
一种无地自容的心绪,一片钥匙在我
右边裤子口袋里,它一直暖和着……
明天学习星辰将不复当年的模样
明天这儿有个老太婆要来翻白眼
明天你会停止衰老,再成为儿童?

2017 年 10 月 11 日

## 家庭生活

> 我一直在寻找一种美,
> 一种但愿找不到它的神秘之美。
> ——题记

旦暮之间,已是千年
妈妈别进去,我记得
当时我在北碚电影院
门口哭。还要快跑吗!

成都有个伊藤洋华堂
谁老了天天等待新生?
每一次跟你外出,我
都有一种少年的激动

大海在闪烁,箴言是
恐怖的。我们会忘了
下午的大桥?跳下去
你怎么还不快跳下去!

高痰盂因红花而鲜艳
越用越新,直到永恒……

2017 年 11 月 12 日

**瞬间**

  我只是一个瞬间度过一生的人
  我只是一粒寿命难以把握的尘土
      ——皮埃尔·塞盖斯

  我们短暂的生命是表现天意的瞬间。
      ——博尔赫斯

一

懂大海难道只有英国人？
悠闲白日梦宜边走边做……
哦，人越现实越活在瞬间——

瞬间钟情黑月的叶芝会
爱上张枣的正午？烟云
月色让人想到晚清同志
怀人的朦胧。雨天明亮
我早在哪里说过？瞬间——
把大便扔出窗外，儿童！
把石头砸向棚屋，儿童！
把把柄擦上松香，儿童？

多少瞬间组成了人的一生……

跳出来个地名：打箭炉
名字不过是另一种忘却

二

一套节律，一套机械思维
一分钟六十秒真实的瞬间
十分钟六百次，以此类推
一亿分钟多少次，开始乱了
我们已失去了计算的耐心
但回忆会帮我们认清瞬间
某年某月某日四点零八分
我握过某个临死者温暖的手

人的一生每一瞬间都包含着
他所有的过去所有的未来——
王尔德瞬间说出这真理

赖活的可怕程度胜过好死？
他的新工作，也可说新任务
一瞬一粒，清点那恒河沙数。

2017 年 11 月 13 日

# 父与子

攀登!
峨眉山深夜临窗月夜下的树木
看上去真像一些土星上
奇异的生物呀,
他看疯了……

六十七年后,
在巴黎拉丁区一条无人的小巷,
他回忆了1926年深秋这一幕:
万古长如夜的天河,
我怎么会突然满含生气的尴尬,
抱紧我三十二岁哭泣的父亲。
为什么正当十三岁的我
会产生一个奇怪的感觉:
会不会是我生下了我的父亲……

"我还会活多少年?"
后来,那儿子在想:
为什么不是父亲的老年,
是他哭泣的青春让我尴尬?
后来,这长大的儿子
感到有什么东西是永恒的——
不单单是我们,

我们一代又一代的儿子们
也成长为年轻的父亲

抱紧他,儿子!
他同样如我风景中的父亲般爱哭……
抱紧他,一代又一代,
多少父亲从1926年的山巅
哭到大城——哭到世界——

2017年12月13日

**辑八 | 今夕是何夕 2018—2019**

## 推云

年轻的握手曾握紧过年轻的潮湿!
后来我们相逢于北京,你致命的
喉结又多出来一股和平里的酒味……

好快!你的诵诗声被制成了木纹唱片。
木与命有什么关系?除了床和棺材,
今天,我只想打听漂砾石的价格。

放弃登山远眺会让人感到平静吗?
大平原不管不顾,始终一望无际……
山中古刹有个老年养鹅人是假僧?
他欲种棵树,完成末日最后一件事。

一路走好!死者双眼已盖上两分币——
他将不会转世为爬虫,某种病毒,
牛,猪,可怕的蛆……人的希望啊
买风卖雨多好!他的职业是推云。

2018年1月9日

## 诗人与亲人

"如此多的雨水,如此多的生活,
如黑八月那肿胀的天空。"
一天清晨读到这句诗时,我想到了
老诗人沃尔科特,他临死前
在圣卢西亚家里,边打瞌睡边写诗……

这时,某云南诗人说他耗尽了他的
青春和悲悯,他只爱他的亲人。
爱情有多深,也就可以有多浅——
古往今来,我们只用门板放尸体
(难道这又是工具简陋,意义**繁复**)

这时,另一个成都女诗人突然觉得——
人总有什么东西,不能直说,
是的,人其实最不喜欢的就是亲人;
人又总有什么东西,无法摆脱,
是的,人终其一生成为他人的亲人。

2018 年 1 月 26 日

## 我是谁

> 弃我去者,昨日之日不可留。
> 乱我心者,今日之日多烦忧。
> ——李白《宣州谢朓楼饯别校书叔云》

我已经注定得到了我不能选择的祖国,
有个不得不背的包袱在我背上重三千岁。
怎么说呢,这肯定是我的错,1956 年
我就在错的路上寻找着我一生的往昔——

我是北碚新村的谁?大田湾小学的哪一个?
向阳电影院门口紧盯大人吃蛋糕的儿童?
封闭房间里连续吃下三个蛋糕的儿童?
还是那个夏日少年在上清寺邮局黄昏
面对垂死的黄云龙,他满头黑布啊,
他曾有过短暂的飞起来的摩托车爱情——

请记住,不用你来告诉我,我是谁?
我昨天刚失去性别,今天又失去生死。
算此刻——"我是那些今非昔比的人,
我是那些黄昏时分迷惘无告的人。"
那些走到哪里黑,就在哪里歇的人
那些夜里出家,就绝不想回家的人

分分秒秒,我在代他们心跳,代他们行走……
代他们吃,代他们睡,代他们哭,代他们笑……
我甚至可以发出每个男女死人不同的声音……
我甚至看这个世界,用你活生生的死鱼眼。

2018 年 2 月 8 日

# 马

"马有风尘气"——庾信
"马闲无羁绊"——白居易
"马过着自己独特的生活"——蒲宁


鲁云如马,见母如马
桃花颜色美如马
龙卵睾丸白如马
"一个庄稼汉在鸡蛋中找马"
那匹生了一只兔子的马?
在萧鱼,马口衔木,胖子迎客
抒情诗轻若马面细雨
死神一尊!坐在灰马上。

小马耳通人性,
小马脾易喂养,
大马肺善飞奔,
大马心不惊跳……
马带电,马骄傲,马热烈
黎明的耕马呀,
跑得愈快,样子愈愤怒

"马何时睡觉,怎样睡觉?"
马每年杀一次人,怎样杀人?

人站马脖子下安全,
人站马屁股后危险。
但"做官就是荣誉,
就能骑在马上,
就能找到水源"。

2018 年 2 月 17 日

## 永恒

世上没有独一无二的人,除了
斯威登堡。他从来不使用隐喻。
他的书也几乎都是匿名出版的。
他真像那个隐姓埋名的希腊人
知道岁月永恒的线索以及诗的
河流来自灰光灯般黎明的源头。

一尺之棰日取其半,万世不竭。
九分钟内人无论如何都填不满
欲望的墨点——它就是永恒啊!
晚酒"白夜";早酒"曙光"——
在适应和遗忘之后生活在哪里?
小青红橘子从枝头上掉了下来!

水桶吊入井里,秋千荡向空中
某法国诗人说井是大地的明星。
东方的秋千呀,你说它是天上的星——
"何处难忘者,对门黄桷树"重庆!
他一生永恒来自年轻时的煽情。
他十五岁杀了个人又生了个人。

                              2018年2月17日

# 天

万斛凉风说的是东方,
男子出门便树敌七人。

天,预示恶兆,马已知晓。
天,老子淡若海,女子淡若豹

天,蓝得肯定,张爱玲
天,蓝得信你,李亚伟

天,蓝过来了,顾城!
"知了有棺材的味道"?

天!仙鹤身上佩有诗笺
天!少女演员戴着领章

天,唯有冬天使人年轻,
天,唯有新年始于元旦。

2018 年 5 月 1 日

## 像铁一样硬

为何躲起来读?为何羞耻地读?
因为爱难以启齿(抒情肉麻)……
在床上、在书中、在浴室、在野外……
爱,如你所言,像铁一样硬。

葡萄酒如血,请饮下睡去……
因为许多人的脸我都忘了
(包括活人的及死人的脸……)
脸,如你所言,像铁一样硬。

大巴山、大凉山、大别山……
因为"苦难往往来源于山峦,
山峦和苦难——永远相伴。"
山,如你所言,像铁一样硬。

多么惊人的事,为杀死臭虫
他不停地用煮沸的开水冲淋藤椅。
而"我活得像少女王,我无法无天!"
天!如你所言,像铁一样硬。

2018 年 7 月 4 日

## 金无怠致小鱼的信

"那么,鞋带来自何处?何处?这令我非常疑惑不解。"
——周谨予《我的丈夫金无怠之死》

人生一世,冤枉,不可太白,也不可不白。
请不要把眼泪滴在死者的脸上。
——题记


小鱼,为什么这么着急呢?
我在这牢里优游自在,着急何来?
回首前尘往事,历历如在目前
今天,我来和你随便谈谈……

这次出事了,我已提起上诉
会有大人物出庭为我作证
当然,一切都应该顺其自然
我的一生岂有何事可急呢

说来真有意思,小鱼
韩战终结前有份情报出了点差错
中美建交前其实也出了点状况
但我不急,我好像从来就不急

像玩抖空竹,我在冲绳1953年

新年晚会上,悠悠忽忽地玩过……
老北平的艺术是急不得的呀
真是幸运,我一生的修养
来自童年居住的香山

我的小鱼,你来听我说,
我也为一件事急过,那是在上海
1945 年秋天某个重要的晚宴前
我为找不到那条围巾着急死了……

这是最后一封信了,小鱼,
"我为祖国做了另外的事情。"
这你已经知道了,现在,
我有了一个塑料袋,一副鞋带……

够了,我还需要什么呢?
我们的争吵?我们的哭泣……
我相信一定会有一个黎明小姐如你——
两百年后,同样来自冲绳!

2018 年 7 月 30 日

## 不舍昼夜

对于清晨列车上的我来说
那一闪而过的是少年株洲——
红土之春从湘江上空飞去!
死亡,不会错过每个生者。

很快,围绕月亮的并不全
是月亮学,天文之外,有
历史、政治、经济、哲学……
还有早稻田大学里的尸体!

井中天色古来皆长如夜色?
黑海水色就一定荡起黑色?
人们会用未来代替甜食吗?
有个人还在提琴中等我吗?

母亲的幸福延伸到她的儿子
美貌!也延伸到她的儿子。

2018 年 8 月 8 日

## 篮子

> "提篮小卖拾煤渣,担水劈柴也靠她。"
> ——《红灯记》

> "比亚斯特的两部长诗篇幅很大,只好用菜篮子把它们运出去。"
> ——娜杰日达·曼德施塔姆《曼德施塔姆夫人回忆录》

1972年南充篮子里有一块乌红猪肝。
1973年曲阜篮子里有两棵粗大青葱。
1974年,罗兰·巴特在上海篮子里
发现了什么声音纹路?提篮桥还好吗?

打开书不见鱼篮观音,但见锁骨菩萨,
篮子里待宰的鱼白白地蹦跶着残忍……
篮子"我用全部欲望影响了你清晨的美"
库切!"这个世界正乘着篮子下地狱"

天亮前,曼德尔施塔姆编好一个篮子。
绝望中,勒内·夏尔拿回来一个篮子。
狼吃掉人后,多多!请再次注意篮子,
篮子里依旧有人抱着你,高高地升起。

2018年8月25日

# 水警句

> 逝者如斯夫,不舍昼夜。
> ——孔子

## 一

因为水有完美的记忆
水才成为人的导师吗?
因为西风骑在驴身上
人才把名字写在水上?
去载舟覆舟有人用水
去创造宗教有人用水
我的童年靠饮水长大?
长大后,我边吐边想
没智者乐水何来从善
如流。都江堰深淘滩!

## 二

水的革命委员会来了
水的中央委员会来了
水的海军陆战队来了
水的工会和农会来了
水里的马雅可夫斯基——
"我活着,工作着,

渐渐变老,瞧,人生
易逝,就像一掠而过
的亚速尔群岛。"

2018年9月7日

## 大河恋

> 素衣山河,这说的是中国吧?
> 说得更精确些:重庆与河南。
> ——题记

### 一

嘉陵江是我初中的洛神。
但有人说它像流经开封的年轻黄河。
请问一条河流怎样才能变得更美?
像布莱希特那样批判一条河流吗!

### 二

每条河都是虚构的(黄河之水天上来)
注意他发炎的脖子!垂钓何时才有完?
朗月下,白猪涉波;破晓前,黑猪渡河……
我看到杀鱼者的手是温柔女性的手;
我看到素食者是屠夫,酿酒者不饮酒。

### 三

为什么恋人被风景吸引会出现两种情况
一是忘了接吻,二是沦入爱河。

为什么河南出维权者,也出女诗人?
怀疑逼出形式,坏诗源自真诚。
忠于琐事者,未必忠于大事。

## 四

是整个银河系都在围绕重庆江河旋转吗?
深蓝星空下的重庆,夏天到底有多热?!
我想起了多多曾经写过的两句诗,
1992年"在这样一种天气里
我不会站在天气一边"

2018年9月14日

## 得过且过

今朝文事不日不月,得过且过……
可为何百年前的好文学,几乎
绝对离不开"外套"和"鼻子"
百年后,文学一定会走火贵州?
如同二十世纪初走火别林斯基

你想想看,为灵魂掘井并不是
基督教、伊斯兰教、佛教的专利;
读图宾根日志"在你身上,我
继续等着我。"云,哪一样不全?
朝天鹅格物自有一番中西乐趣

我的一年,一月,一日,一时
我的一分,一秒!一呼,一吸
我还有五分钟?我还有五世纪!
在这样一种得过且过的日子里……
别之为恨,之为醉,之为永年。

2018 年 9 月 17 日

## 重庆之冬

> 惊鱼一定错认了弯月的沉钩。
> 她多情应笑我早生华发。
> ——题记

冬天,对于像你这样的年轻闲人来说
红砖水塔边的青苔是值得细看一下午的。
冬天,某县城贪官还说出了一句隽语
圆井的圆形水影比方井的方形水影好看。
冬天,某研究生的小寝室黑冷得像一座坟
他身体不好,精子常在半夜温和地滑出来。
冬天,森林在两江边哭!贝壳张开口……
我的耳畔老是传来不同寻常的骇笑声……
出事了!但我仍可续写苹果树林的青春
仍可像小时候一样等了又等,忍了又忍,
去看完电影《泥石流》,不管它多么可怕!
去看完电影《群钻》,不管它多么费解!

2018 年 9 月 18 日

**妈妈**

> 神不能无处不在，所以他创造了母亲。
>
> ——吉卜林

仍心怀年轻的预感，你说"别抽烟，
千万别抽，用心去感觉青春的活力。"
很多年后巴黎床头还放着我们的书信……
我享受过蒲宁式艳遇，也享受过悲哀。

再聊会儿天，打会儿盹……妈妈，
我也早已开始吃煮得软烂的食物了，
和你一样，吃同一种药，说同一种话
我中年的肚子着凉了也发出汩汩声……

谁说过你的美貌是一种天赋？然而
你还不知道你早过了生命的盛年，
心跳，你不停地问自己为何心跳——
活到一百年，心跳到底要把我怎样？

你不会死的，你永远活在我的浑身
这里！我们生活中失去的生命全在一起

2018 年 10 月 30 日

**妈妈的动作**

奶妈爱干净的手指
愈老愈不停地摸索
身边永恒的小东西——
一根飘下来的头发……
桌子面前的小渣渣
棉袄袖口的小颗颗
洋瓷碗沿的小点点
沙发绒垫的小丝丝

人的生活一刻不停
动作也就一刻不停……
动作真影响了生活——
一些用于开始生活
一些用于结束生活
"我的生活在哪里"?
一些喋喋不休的妈妈呀
不诉苦就没有痛苦。

2019 年 1 月 16 日

## 汉哀帝的哀意

什么情况会是苍凉情况?
亚洲热浪,天气胜奥运,
诚恳逼生理;夏日田园
牧人睡去,牛儿吃去……

红男绿女白叟黄童切记:
怒伤肝,慷慨亦伤肝。
但葫豆崭新,冬瓜年轻
但爱一个人就是知物哀。

读谢灵运"云骑乱汉南"
联想一句,酒色乱云南——
什么东西正在飞过哀牢
那是汉哀帝的哀意?

2019 年 2 月 2 日

**呼吸**

年轻时我们在规则中大肆尖叫
今天,我们在规则中学习呼吸
这多么难啊,请别吵了!
来,让我们从头开始练习——

一二三,一二三,一二三……
记住生命中最重要的是呼吸
请集中一生的注意力于呼吸
来,让我们从头开始练习——

"而最主要的,你知道是
什么吗?要有轻盈的呼吸……
你听,我是怎么呼吸的——
对吗,是这样的吗?"

老路白云,宇宙微尘,人,
一代一代呼吸盈缩,听天由命……
这呼吸又出自怎样的神奇?
来,让我们从头开始练习——

2019 年 2 月 28 日

## 今夕是何夕

一千七百年前有人在此问
今夕是何夕,这里有人吗?
一千七百年整有人在此问
今夕是何夕,这里有人吗?
一千七百年后有人在此问
今夕是何夕,这里有人吗?

黑以凝聚成,白以散开在
黑!但不是黑夜的乌鸦黑
白!但不是白天的鱼肚白
黑湿白冷,说的是欧洲吗?

夜晚华而不实的树是何树?
白天华而又实的树是何树?
一个八岁的科学家这样问,
在锡兰我想到的树叫腊肠……

2019 年 3 月 16 日

## "愿这光景常在"

在世的一天,是韩东的一天
在世的一天,是令和的一天
那天十四岁的她不想当诗人,
只想当哲学家——苏格拉底。
镇魂且悲悼……要到哪一天?
到那一天,你终将会毕业。

说说罗斯和东亚……"人生
是这般苦闷,假如没有斗争。"
《国土报》真打算放弃中国吗?
《圣经》早指出以色列人颈子硬。

云的境界总是要越过边境的——
什么人的境界才会离开祖国?
《许三观卖血记打》动了外国人
我想很可能是因为黄酒和猪肝。

在世的一天,是韩东的一天
在世的一天,是令和的一天
真没有什么值得我们流连了吗?
"愿这光景常在",光景常在……

2019 年 4 月 9 日

## 几个下午

> "从某一点开始出发,要想回头是不可能的。"
>
> ——卡夫卡
>
> 遮蔽的天空下我们多么脆弱,遮蔽的天空背后是浩瀚无垠的黑暗宇宙,而我们如此渺小。
>
> 因为我们不知道死亡何时降临,我们才会以为生命是一口永不干涸的井。然而每件事情都只会发生一个特定的次数,一个很少的次数,真的。你还会想起多少次童年的那个特定的下午,那个已经深深成为你生命一部分、没有它你便无法想象自己人生的下午?也许还有四五次。也许更少。你还会看到多少次满月升起?也许二十次。然而我们却总觉得这些都是无穷的。
>
> ——保罗·鲍尔斯《遮蔽的天空》

下午在左边,我还能记起
我六岁半时的几个下午?
十七岁半时的几个下午?
二十二岁时的几个下午?
二十七岁时的几个下午?
三十一岁时的几个下午?
三十五岁时的几个下午?
四十一岁时的几个下午?
四十八岁时的几个下午?
六十三岁时的几个下午?

九十三岁时的几个下午?
我一生注定有多少个下午?
我想可能也就四五十个吧。
或许根本没有那么多个。
只有唯一的一个下午——
在重庆一所封闭的房间。

2019 年 4 月 12 日

## 年轻

年轻的痛带着一种斑斓的成分
年轻的苦又总是高人一等
年轻,觉得别人看上去老自己不老
年轻,觉得别人都会死自己不死

电话震惊,他从一本肉感小书抬头
什么东西隔着眼皮一跳的距离闪过——
没有事情小到可以从他指缝间溜走
他甚至看出蚊眼做了白内障手术

惊风还是风惊?火扯还是发烧?
一千零一夜?还是永远零一天?
一年四季,年轻的生活常在……
我们该如何将年轻与年轻人分开?

2019 年 4 月 28 日

## 回忆韩非子

一个人说博览群书,不过读了几百本书。
世界之大,一个人一生只能去到多少地方?
活到八十岁,一个人其实已经是死人了。
还有句话说得更好,"没有太多的不适,
这或许正是衰老的形式之一。"

时间就是我的韩非子,长春还是北碚?
没什么事,我总是想起我年轻时的北方
没什么事,劳其筋骨,天将降大任于我也
在长春,我的双腿曾经历了残酷的打磨
我终日躺在阳光灿烂的床上阅读韩非子……

谁说过动物怕痛和危险,但不懂得时间?
而时间,比人想象的来得更快?或更晚?
"时间就像是铁的长河"我股骨上的钢板
好魔幻!一边离开一边回返,去哪里呀!
回到北碚,我终于写出来了一篇《韩非子》。

2019 年 6 月 19 日

**人生如梦**
　　——因读博尔赫斯《最后的对话》而作


我是十岁的我,我是一百岁的我,
我唯独不是此刻的我;还用说吗
"每一个人在他生命中的每一刻,
都是他曾是的和他将是的一切。"

每一只蚊子都是独一无二的吗?
是的,"蚊子的宝贵与独一无二
并不逊色于莎士比亚。"(博尔赫斯)
那也是宇宙密码中的一只蚊子呀。

加尔文在日内瓦很美,顾彬兄
加尔文在爱丁堡很美,斯帕克
加尔文在南方美吗?道法自然——
诗发生了,但很难说清它的神秘……

诗人,说白了就是记忆之人
回到源头,惠特曼就是清晨亚当。
我梦见了我,梦者梦见了梦
唯心主义者梦见了人生如梦

所有职业真不如生活这个职业
生活没有希望,又何来绝望——
终其一生,你在庐山寻找庐山
而在庐山,你却找不到庐山。

2019 年 6 月 19 日

# 天空(二)

> 五年前的七月二十七日,
> 我曾写过俄国天空、南京天空
> 协会天空、丛书天空、交媾天空……
> ——题记

老师,最难理解的东西是什么?
唉,我想是……是天空啊。
天空靠什么生活?我也在想……

它不靠鸟的歌唱,靠我们的仰望。
这不,在日本,夏目漱石就说过
热衷进步的人只知道往天上瞧。
可你却说俄罗斯诗人善于弯腰……

"日本天空比任何地方的天空
都更高远",往上,往上;而欧洲
天空反倒压迫着,向下,向下。

天空,它的上它的下,它的冷它的热
它的前世和今生就像理想难以捉摸。
我们因缘际会,我们尽相求索……
我们精神相触,我们擦袖而过……

2019年7月15日

**人的悲哀未必真悲哀**

某年的冬天需要天赋,
地下朗诵刚诞生于成都。
"生命,我们的病人"
出自怎样的生活——
我们的小说唯剩余烬?

人的悲哀未必真悲哀,
人也因快感而哭泣……

并非只是想象,事实上
长江真正的入海口在江阴——
流过的水……横渡的人……
流浪儿爱生长在铁道线
他们哪管冬夏,只管长大

人的悲哀未必真悲哀,
人也因快感而哭泣……

螺丝分公母,提琴择男女
阴阳割昏晓,空气通冷热
人们谈论美国,还是那个老调:
钢铁芝加哥,屠场芝加哥,
带电的宽肩膀的芝加哥——

人的悲哀未必真悲哀,
人也因快感而哭泣……

2019 年 8 月 22 日

# 跋

用两个月的时间,每天费时至少四小时,来编订这本抒情诗集,回头想,我自己也觉得匪夷所思,但偏偏就花了这么长的时间。这是一种修订强迫症吗?或是为了追求一种乌托邦的完美?古语说:世界就是一本书。所以为了一本书的尽善尽美,无论如何努力都是值得的。

交出书稿后,出版社编辑建议不收入有注释的诗歌,因版式上不好设计。而我写的的诗歌,自从2010年以来,注释是其重要特征,这已被许多读者熟知。我在考虑了出版社的建议后,遂删去了所有注释。我想这也是一些读者乐于见到的。

删除注释后,引文怎么处理?我将用引号或楷体来指出所引用的诗句或文字,但或有个别遗漏,也未可知。借此,特别说明。

# 柏桦

1956 年生于重庆。毕业于广州外语学院英语系。

现为西南交通大学人文学院中文系教授。

中国第三代诗人杰出代表。其诗歌被收到各种权威集子和刊物，并被翻译为多国文字，出版英文诗集 WindSays（《风在说》）、法语诗集《在清朝》。

曾获得第二届安高诗歌奖、第 16 届柔刚诗歌奖、第四届红岩文学奖诗歌奖、2016 年度"花地文学榜"年度诗歌奖、首届东吴文学奖诗歌奖等。

## 代表作品

诗集

《表达》

《革命要诗与学问》

《秋变与春乐》

《水绘仙侣：冒辟疆与董小宛 1642—1651》

《为你消得万古愁》

《唯有就日子带给我们幸福》

《竹笑：同芥川龙之介东游》

随笔集

《蜡灯红》

《白小集》

## 夏天还很远——柏桦抒情诗集 1981—2019

| 出 品 人 | 续小强 | 选题策划 | 刘文飞 | 责任编辑 | 刘文飞 |
| 复 审 | 陈学清 | 终 审 | 古卫红 | 书籍设计 | 张永文 |
| 印装监制 | 郭 勇 | 项目运营 | 有度文化·刘文飞工作室 |

投稿邮箱｜liuwenfei0223@163.com

微　博｜http://weibo.com/liuwenfei0223　　微信公众号｜txsk2013_